廃公園の
ホームレス聖女
最強聖女の快適公園生活
荒瀬ヤヒロ　イラスト　にもし
ホームレス聖女
アルム・ダンリーク

役立たずなら、聖女なんか辞めちまえ！
辞めますっ!!
アルム@聖女辞めました

陰険野郎～
腐れ神官～
老後は
河童ハゲ～
あんなとこ
二度と戻るか！

は～、落ち着くわ～。
おひとり様万歳～(^o^)
限界まで寝ようかな

アルム@おひとり様万歳
何もすることがないって素敵…

アルム@リモート聖女
リモート……聖女……!

『リモート聖女です！
これでいいこうかと』

Homeless Saint
in abandoned park

# Contents

# 廃公園の
# ホームレス聖女
Homeless Saint in abandoned park

最強聖女の快適公園生活

荒瀬ヤヒロ　イラスト にもし
Story by Yahiro Arase　Art by Nimoshi

# 第一章
# 元聖女、ホームレスになる。

眠気《ねむけ》を感じなくなったのはいつからだろう。

体は睡眠を欲している。今目を閉じたら、一瞬で意識を失えるだろう。

それなのに、「眠い」という感覚はわからなくなってしまっている。

食欲もずっとない。欲求というものを感じなくなってしまったみたいだ。

ある意味、今のアルムは聖女にふさわしいのかもしれない。

聖女とは、「無欲」な存在であるべきだと言われているのだから。

「護符《ごふ》の一枚もまともに作れねぇのか！　手ぇ抜いてんじゃねぇぞ！」

それにしても、この男は本当に口が悪い。よく神官になれたものだ。

まあ、この神官に罵倒《ばとう》されるのはもっぱらアルム一人なので、他の者にはこんな言い方はしないのかもしれない。

アルムはうつむいて唇を噛《か》み、涙をこらえた。

泣いてはいけない。泣いたらまた「聖女がこれくらいで心を乱すなんて～」と叱責《しっせき》されるのだ。

他の聖女達は笑ったり怒ったり泣いたり自由に感情表現していても何も咎《とが》められないのに、アルムの場合は顔をしかめただけでも「聖女らしくない」と言われてしまう。

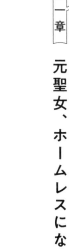

どんなに厳しくされても、アルムは頑張《がんば》った。頑張ってきた。

眠りたいのも休みたいのも我慢《がまん》して耐えてきた。

それでも、少しも努力を認めてもらえない。

手を抜いたことなんてないのに、ほんのわずかにでもこの神官の意に染《そ》まないことがあると、アルムだけが叱責されるのだ。

聖女は他にもいるのに、アルムだけが。

（私のことがよっぽど嫌いなんだ……）

そうとしか思えない。この神官はアルムのことが嫌いで、大神殿から追い出したいのだ。

負けるもんかという想《おも》いと、帰る場所がないという事情から、アルムはずっと耐えてきた。

だけど、この日、この瞬間に、ギリギリに張りつめていた細い糸がぷっつりと切れた。


「役立たずは必要ねぇんだ！　大神殿から追放されたくなきゃやる気出せ！　でなけりゃ、聖女なんか辞《や》めちまえっ！」

「辞めますっ‼」


大神殿の大広間に、一人の少女の渾身《こんしん》の叫《さけ》びが響き渡った。

叫ぶと同時に、アルムはくるりときびすを返し、早足で大広間を出た。

その足でまっすぐに大神殿内部の経理部を訪《おとず》れると、これまで一切《いっさい》使わずに貯《た》まっていた聖女の給料を全額支給してもらい、次に大神殿内に与えられた自分の部屋へ行きバッグ一つだけをひっつかんで、足を止めることなく外へ――空の下へ飛び出した。


実に一年ぶりに一人で街へ出たアルムは、記憶を頼りに、けれども迷いのない足取りで王都の端、貧民《ひんみん》地区の近くにある現在は使われていない小さな公園を訪れた。

そして、立て看板の「売り地」という文字を確認すると、その下に書かれた住所に赴《おもむ》いて突然のことに面食らう地主に代金を払い、古びたベンチが一つぽつんとあるだけの小さな小さな廃公園の土地を買い取った。

「ふぅ……」

廃公園へ戻ってきたアルムが腕を一振りすると、立て看板はずぼっと地面から抜けて、燃えてもいないのに灰になってさらさらと風に散っていった。

とりあえずやるべきことをやり遂《と》げたアルムは、ふらふらとベンチに近寄るとどさっと腰を下ろした。

そうして、ベンチの周りに結界を張ると、空を見上げて力一杯に叫んだ。

「ばっきゃろーっ！　二度と戻るかあんなところ！　ヨハネス・シャステルの陰険《いんけん》クソ野郎!!」

こうして、アルム・ダンリークは聖シャステル王国の「聖女」という仕事を辞職したのである。

＊＊＊

「陰険クソ野郎～、腐《くさ》れ神官～、老後は河童《かっぱ》ハゲ～」

自分をいびり倒した若き神官を軽く呪詛《じゅそ》りながら、アルムはベンチに横になった。行儀《ぎょうぎ》が悪いが知ったことか。もう聖女じゃないのだ。

「ふあ～、なんだか、ようやく眠れそう……」

肩にのしかかっていた重荷から解放されたせいか、これまで忘れていた――抑えつけてきた眠気が一気に蘇《よみがえ》ってきて、頭の中がふわふわする。

「少し、眠ろっかな……」

十五歳の少女が寂《さび》れた廃公園のベンチで寝るなど普通なら危険だが、ベンチの周りに結界を張ったので誰《だれ》もアルムに触れることはできない。

「もう、戻らない……誰にも、会いたくない……」

アルムは小さく呟《つぶや》いた。

アルムには帰る場所がない。

アルムの実家であるダンリーク家は男爵家だ。だが、父はアルムが十歳の時に亡くなり、歳《とし》の離れた異母兄が爵位を継いでいる。

アルムの母は妾《めかけ》だったため、父が亡くなると異母兄によって母と共に家を追い出された。

だが、母はアルムを捨てて一人で商会の主《あるじ》と結婚してしまい、異母兄は仕方がなく行き場所のないアルムを引き取った。一応は男爵家の血を引くアルムには、貴族の娘として聖女認定を受ける義務があったからだ。


この聖シャステル王国の初代国王は、光の魔法を操《あやつ》る聖女と共にこの地を覆《おお》っていた瘴気《しょうき》を浄化《じょうか》し、彼女を妃《きさき》に迎えたという。

初代国王の妃となった「始まりの聖女」の血は、長い時を経て、子孫の婚姻を通してこの国の貴族に溶け込んでいった。

聖女の血を引く子孫の中に光魔法を使える者が生まれる可能性が高く、男子よりも女子の方が高い魔力を持つことが多い。そのため、貴族の家に生まれた娘は十三歳になると「聖女認定の儀」を受けると決められている。この儀で「聖女の適性あり」と認定されると、大神殿に住んで聖女として働かなくてはならない。

（お兄様とは、あまり話したこともないし……私は妾の子だから、きっと疎まれていたんだろうな……）

歳の離れた異母兄は、アルムに「聖女認定の儀」を受けさせた後は家から放り出すつもりだったのかもしれない。

(貴族の義務だから、十三歳になるまでは家に置いていてくれていたけれど)

だから、聖女の適性を認められて大神殿で暮らせるようになった時には、アルムはほっとしたのだ。

他の聖女達は伯爵家以上の高位貴族ばかりだったので、男爵家のアルムは孤立し、時に嫌がらせもされたものだ。

(でも、最初の一年間は平和だったなぁ。今にして思えば)

アルムの地獄が始まったのは、聖女として働いて一年が経《た》った頃。

大神殿に、新たな神官が就任してからだ。


ヨハネス・シャステルは、この聖シャステル王国の第七王子であり、十五歳の若さで神官の位に就いた優秀な若者だった。ミルクティーのような優しい色の髪と瞳《ひとみ》を持つ美少年で、やや愛想《あいそ》がないことを除けば非の打ち所のない王子だと言われていた。

だが、この少年はアルムにのみ非常に辛《つら》く当たった。

大神殿にはアルムの他にも聖女がいるのに、呼びつけるのはいつもアルムで、毎日休みなく仕事を押しつけてきた。

それは通常の聖女の仕事に加え、他の聖女と分担して行うべき仕事もアルムが一人でこなすようになり、さらには本来は聖女の業務ではない書類仕事まで回されるという理不尽なものだった。

文字通り朝から晩までアルムには心休まる暇《ひま》がなく、過労と睡眠不足による食欲不振と貧血で、何度大神殿の廊下に倒れたことか。

もういっそ、あの男はアルムを仕留めるために派遣されてきた暗殺者だと思った方が納得できる。

「まあ、もう二度と会わなくていいし。つーか、二度と会いたくないし」

あの男のことはさっさと記憶の中から消してしまおう。嫌な記憶は消すに限る。

アルムはそう思って目を閉じた。

途端に、これまで溜《た》まっていた眠気が一気に押し寄せてきて、アルムは大神殿では絶対に許されなかった昼寝という贅沢《ぜいたく》を満喫するために睡魔に身をゆだねたのだった。

＊＊＊

ヨハネス・シャステルは苛《いら》ついていた。

「ったく、どいつもこいつも使えねぇ……っ」

各地の小神殿から上がってくる報告には相変わらずろくなものがない。

この国の神殿が腐敗しているのは知っているが、悪事を働くならせめてもっと狡猾《こうかつ》にやれと言いたくなるぐらい稚拙《ちせつ》な改竄《かいざん》書類を見て、ヨハネスは思いきり舌を打った。

「チッ！　バガンセア小神殿はろくでもない小細工《こざいく》ばっかしてるし、本来なら壁になるはずのキラノード小神殿は護符をねだってくるだけで役に立たねぇ……おい！　アルムを呼べ！」

がりがりと頭を掻《か》きむしりながら、ヨハネスは背後に控える聖騎士に命じた。

だが、命を受けて即座に動くべき聖騎士はぴくりとも動かなかった。

「呼べませんよ」

「なんだと？」

聖騎士は呆《あき》れたような目線だけをヨハネスに送った。

「いない者は呼べません」

「はあ？　どこに行ったんだ、あいつ。サボってんのかよ」

「何を言っているのですか？」

ゴミを見るような目を向けられて、ヨハネスは眉《まゆ》をひそめた。この聖騎士は王家への忠誠心が篤《あつ》く、第七王子にして神官であるヨハネスの護衛を一任されているのだ。主君をこんな捨て忘れた生ゴミを眺めるような目で見る不忠者ではないはずなのだが。

「御自分が、追い出したんでしょうが」

「は？」

「さんざんいびり倒して、非道な酷使に暴言罵倒《ぼうげんばとう》、パワハラの嵐《あらし》で心身ともに追いつめて……王子殿下ともあろう御方が、清らかな少女をいじめ殺そうとなさるとは……」

「ちょ、ちょっと待て！」

いきなり聖騎士が語り出した内容の物騒さに、ヨハネスはうろたえた。

「何の話だ⁉」

「ですから、ヨハネス殿下がやらかしたことですよ」

聖騎士は吐《は》き捨てるように言った。

「大神殿内部のことは外に漏《も》らしてはいけないという掟《おきて》があるため、見ていることしかできなかった我々も同罪ですがね……あの子が無事に逃げて、こんな暴君のいない場所で幸せになってくれればいいのですが」

「おい！」

やらかした、だの、暴言、だのひどい言い草だ。

だが、それ以上にヨハネスが気になったのは——

「逃げたって、どういう……」

「殿下！」

ヨハネスと聖騎士の会話に割って入ったのは、すごい剣幕で執務室に飛び込んできたキサラ・デローワン侯爵令嬢だった。

彼女はこの神殿に住んでいる四人の——今は三人になった聖女の一人だ。

キサラは美しい葡萄酒《ぶどうしゅ》色の瞳を怒《いか》らせてヨハネスに食ってかかった。

「アルムを追い出したんですって⁉　この恥《はじ》知らずっ‼」

「はあっ⁉」

突然の身に覚えのない罵倒に、ヨハネスは椅子《いす》を蹴倒《けたお》して立ち上がった。

「だから、何の話だっ⁉」

「大神殿中で皆が言っておりますわよ！　ヨハネス殿下は本当に最低だ、人間のクズだ、人の心がない！」

「最低！　死ねばいいのに！」

「下水道に詰まったまま三年ぐらい放置されればいいのに！」

「おい！」

いつの間にかキサラの他の二人の聖女も加わって、ヨハネスを罵倒してくる。

「王族に向かって下水道に詰まれとは何ごと……いや、そんなことより！　お前らなんて呼んでいないぞ！　アルムはどうした⁉」

ヨハネスが怒鳴《どな》ると、聖女三人と聖騎士はそれはそれは不快そうな表情になった。

それは例えるなら、台所の排水口からよくわからない虫が這《は》い出てきたのを目撃した人間が浮かべるような表情だった。


「だから……ここにはもういませんよ」

「……何？」

聖騎士が鬱陶《うっとう》しい虫を払うような仕草で手をひらひらさせた。

「あなたが言ったんじゃないですか。『辞めちまえ』って」

ヨハネスは目を丸くしてぽかんと口を開けた。

浄化や治癒《ちゆ》、結界の維持など、本来なら他の聖女と分担して行う仕事もすべてアルムに回される。本来は聖女が行う仕事ではない山のような書類仕事までやらされた挙げ句、「遅い」「字が乱れている」などと罵《ののし》られる。

聖水を汲《く》むのは交代のお役目のはずなのに、いつの間にか毎日アルムがやる羽目になっている。早朝の祈りにも誰よりも早く来ていなければならず、他にまだ来ていない聖女がいるにもかかわらずアルムだけが「もっと早く来い」と叱《しか》られる。

あまりに疲れすぎていて昼食後にほんの少し目を閉じていただけで「サボるな」と怒鳴られる。

極めつけには、庭の花が枯れていたことまでアルムのせいにされて叱責された。

「聖女ならば常に清浄な気を放ち、万物を癒《いや》し生命力を与えるはずだ。つまり、花が枯れたのはお前の力不足だ」とのこと。

無茶苦茶である。

この尋常じゃない酷使に、最初はいい気味だと笑っていた他の聖女達も、徐々《じょじょ》に眉をひそめるようになっていった。あまりにも無理難題を突きつけられている時には、アルムを庇《かば》ったり手伝ったりするようになった。

だが、手伝うとまたアルムが叱責されてしまうのだ。

「わたくし達はアルムがここに来てから、『男爵家の分際で』とアルムを見下し、仲間外れにして時には嫌がらせもしましたわ」

「我ながら愚《おろ》かでしたわ。自分が恥ずかしい」

「ええ。けれど、一年前にヨハネス殿下がここへ来てから、殿下のアルムに対する悪魔のような仕打ちに、わたくし達は悟ったのです。『身分が上であろうがクズはクズだ』と」

三人の聖女が読み上げた罪状に、ヨハネスはぱくぱくと口を開閉させた。

（尋常じゃない酷使？　悪魔のような仕打ち？）

思いもよらないことを言われて、ヨハネスは戸惑った。

そりゃ確かに、アルムに仕事を割り振ることが多かった。

何故《なぜ》ならば、アルムは他の誰よりも聖女としての才能があったからだ。


ヨハネスはこの国の王族として、腐敗した各地の神殿を自らの手で立て直したいと思っていた。

そんな理想を胸に宿してこの大神殿にやってきて、出会ったのがアルム・ダンリークだったのだ。

光を浴びるときらきら輝く銀髪、アメシストのような瞳を持つ少女は、大神殿の片隅でひっそりと丁寧《ていねい》に生きていた。

高位貴族の令嬢に現れることの多い聖女の中で、男爵家と身分が低かったせいで周りから軽んじられていたが、ヨハネスには一目でわかった。

アルムの持つ聖女の力は、他の聖女より遙《はる》かに強い。あるいは、歴代最高と言っても過言ではないかもしれない。

ヨハネスの理想はアルムと出会ってことさら激しく燃え上がった。

彼は思った。アルムがいれば、この国を変えられる、と。


だから、一刻も早くアルムの実力を他の者達に思い知らせたかった。

他の聖女にやらせるよりもアルムがやった方が遙かに出来がよかった。聖水もアルムが汲めば治癒力を持ち、護符もアルムが書けば通常の三倍は強固な結界を張れるようになった。

ヨハネスはアルムの力に夢中になった。


「だから、アルムの実力を皆に認めさせるために、難しいレベルの仕事を課したんだ。それに、誰も気づいていなかったが、アルムの力は日に日に高まっていた。それは修行のたまもので……」

「あれは修行じゃなくて虐待ですわ」

「拷問《ごうもん》まがいのことをしておいて『俺《おれ》のおかげで力が高まった』とか言ってますわよ」

「最低を通り越して外道《げどう》ですわ」

「いえ、こういうのはゲスと言うのですわ」

「あんな人間にだけはなりたくないものですわね」

「頭頂部から徐々に禿《は》げていけばいいのに」

さんざんな言われようである。

「ええい、うるさいっ！　それで、アルムはどこに行ったんだ⁉」

「知るわけありませんわ！」

「もう、そっとしておいてあげてくださいまし！」

「足の爪先から順に謎《なぞ》の毛が生えていけばいいのに！」

三人の聖女は「ふん！」とそっぽを向いて、ヨハネスに背中を向けて執務室を出ていった。

取り残されたヨハネスは、「禿げてほしいのか毛むくじゃらになってほしいのかどっちだ⁉」と混乱した。

＊＊＊

「ふわあああ～、よく寝た！」

一年ぶりの惰眠《だみん》をむさぼったアルムは、ベンチに寝転がったまま「んーっ」と伸びをした。

大神殿を飛び出したのは朝だったから、今は午後三時くらいだろうか。

「喉《のど》が渇いたな～」

アルムはベンチの下の地面にそっと手を添《そ》えた。するとアルムの手が触れた地面が変化した。

乾いて荒れていた土が水気を含んだ黒い土に変わり、緑の草がふわふわと伸びてくる。

「お茶の木お茶の木」

アルムが念じると、地面からお茶の木がにょきにょき生えてくる。三ヶ月ぐらい前からできるようになったよくわからない特技である。

「頭の中で思い浮かべた植物ならなんでも生やせるから便利だよね～」

いつものようにヨハネスに罵倒されて、庭の隅で「大根《だいこん》になりたい……」と呟いていたら、いきなり足元の地面からにょきにょきと大根が生えてきたのだ。

その時はびっくりしたが、慣れれば非常に便利な能力だ。

大根になれば土に埋まっているだけで生きていけるのに、とこれ以上ないほど後ろ向きなことを考えたきっかけで得たとは思えないほど希望にあふれた能力だ。


「収穫収穫」

お茶の葉が勝手にはらはら舞い上がる。

「発酵発酵」

お茶の葉がからからに乾いて色が変わる。

「水水」

宙に手をかざすと、空中に水の塊《かたまり》が生まれる。

「沸騰沸騰」

水の塊がこぽこぽと沸く。

「ポットとカップ」

バッグから勝手にポットとカップが飛び出してくる。

お茶の葉がポットに飛び込み、続いてお湯がひとりでにポットに入る。宙に浮かんだポットから、カップにお茶が注《そそ》がれる。

「ふい～」

カップを手に持ち、お茶を一口飲んで息を吐《つ》いた。

「便利な力だなぁ……」

あまりに疲れすぎていて、指一本も動かしたくなくて床に倒れている時に身につけた能力である。

「はあ～、こんなにのんびりできたのは一年ぶり……」

アルムは空を見上げた。

ここは王都の端の貧民地区のそばの廃公園。貴族は近寄らないし、平民だって滅多に足を踏み入れない場所だ。

だけど、アルムは昔一度だけここに来て、このベンチに座っていたことがあった。

自分には居場所がない。実家には帰れないし、大神殿にも帰る気はない。行き場所として思い浮かんだのは……知っている場所はこのベンチだけだった。

「誰も来ない公園……ここなら、私がいてもいいよね？」

アルムはお茶を口に含んで、ふっと微笑《ほほえ》んだ。

＊＊＊

アルムがいない。

大神殿の部屋には、備え付けの家具と聖典等の支給品がそっくりそのまま残されていた。経理部によると今までの給料をすべて受け取って、バッグ一つで出ていったらしい。

その事実を突きつけられて初めて、ヨハネスは本当にアルムが出ていったのだと思い知った。

「今すぐ連れ戻せっ！」

「何故ですか？」

聖騎士に命じても、誰もがヨハネスを「雨上がりに地面に落ちている泥だらけの紙の塊みたいな謎のゴミ」を眺めるような目で見るばかりで、アルムを探そうとしない。

「何故って……聖女だぞ！　大神殿で暮らす義務がある！」

「おや？　この国の王子殿下であり神官でもある御方から正式に『辞めちまえ』と命令されて、アルム様はそのお言葉に従っただけですよ？」

へっ、と馬鹿《ばか》にするように嘲笑《ちょうしょう》されて、ヨハネスは頭に血が上った。

「あんなものはその場の勢いに決まっているだろう！　だいたい、どうして誰もアルムが出ていくのを止めなかったんだ！」

　そう怒鳴ると、聖騎士は嘲笑を消して氷のような目でヨハネスを睨《にら》んだ。

「我々は、地獄からやっと抜け出せる聖女を喜んで送り出しましたよ。本音を言わせてもらえば、もっと早くに逃げ出してほしかったぐらいです」

「なっ……」

「それくらいのことを、あなたはあの子にしていたでしょう？」

　ヨハネスは言葉を失った。

　冷静になって、指摘された自分の言動を客観的に見てみると、確かにアルムには他の聖女に対してより厳しくしていたと思い当たる。

　しかし、それはアルムにならできると信じたからだし、聖女としての才能をもっと引き出してやりたいと思ったからだ。

「アルムは、聖女だから……」

「聖女聖女って、あの子以外の聖女には何も命じなかったではないですか。あの子が男爵家で大した後ろ盾もないから、使い潰《つぶ》してもかまわないと思ったんですか？　聖女だから何をしても許されると思いましたか？」

　ヨハネスは聖騎士の静かな詰問に、答えることができなかった。

（何故だ……アルムが出ていくだなんて……俺から離れるだなんて……）

腐敗を一掃してすべての神殿をあるべき姿に戻したあかつきには、アルムには「大聖女」の称号と望みうるすべての褒美《ほうび》を与えるつもりだった。

そうすれば、将来だって好きに選べるだろう。アルムは男爵家だが、国に大きな貢献をした聖女ならば王族にだって嫁ぐことができる。

アルムは歴代最高の聖女として、国中から敬愛される存在になるはずだった。

その日まで、ヨハネスの隣で一緒に戦ってくれるものとばかり思っていたのに。

「アルム……」

ヨハネスは肩を落とし、力なく呟いた。

＊＊＊

貧民地区の夜は寒い。

木の一本も生えない乾いた地には遮《さえぎ》るものは何もなく、王都の外から吹いてきた強い風が容赦なく荒れ狂い、砂を飛ばし家にも人にも安らかな眠りを与えない。

ビユオォォォガタガタガタッ

強い風の音が窓をガタガタ揺らす。

貧民地区で肩を寄せ合って暮らす幼《おさな》い兄弟は、隙間《すきま》から吹き込んでくる風と砂に悩まされていた。

「兄ちゃん、この家もそのうち砂に飲まれちゃうよ」

すでに何軒かの家が砂に埋《うず》もれてしまっている。王都の外のハガル砂漠に少しずつ浸食《しんしょく》されているのだ。

「わかってる。けど、どうせ国は何もしてくれない」

ここは見捨てられた地区だ。

兄と弟は風に運ばれてきた砂が壁を叩《たた》く音を聞いて、諦《あきら》めの溜め息《いき》を吐いた。


一方、その頃。

貧民地区近くの廃公園では、風も砂も一切通さない結界の中で絶賛ホームレス中の元聖女アルム・ダンリークがベンチに寝転がったままパンをかじっていた。

お行儀が悪いが、もうそういうのは気にしないのだ。もう聖女じゃない。自由なのだから。

アルムはまだ十五歳。若い力は自由になったら強いのだ。人目もはばからずにベンチでゴロゴロできる強さ——そう、これこそが生命力だ！

「食べたら寝ようかな……何もすることがないって、なんて素敵……」

お腹《なか》がいっぱいになったので、アルムは食べかけのパンをバッグの中に戻した。

このバッグは、アルムが男爵家から大神殿に引っ越す際に身の回りの荷物を入れて持っていったものだ。

大神殿でも書類や聖典を運ぶ際に使っていたが、ある時、「何度も往復するのは疲れるから、一度に全部運べたらいいのに……」とぼやきながらバッグに聖典を詰めていたところ、何故かバッグの底がなくなり広い空間が出現した。

それ以来、バッグの中に何をどれだけ入れても満杯にならず、重さも変わらなくなった。

そして、手を突っ込めば取り出したいものがきちんと出てくる。

「なんて便利なんだろう！」

原理はよくわからないがアルムは喜んだ。

さらにある日、夕食で出たバナナを食べきれなくて、ヨハネスに見つからないようについバッグに放り込んで隠してしまった。

その後、過酷な日々の中でそのことを忘れていたのだが、二ヶ月後に思い出しておそるおそる取り出すと、バナナはまったく腐っておらず、このバッグに入れておけば食べ物も腐ることなく保存できることが判明した。

たぶん、他の聖女や神官が知れば「聖女の奇跡で作られた宝具」だと大騒ぎになっただろうが、アルムは「食べ残しを保存しておけるなんて助かるなぁ」と思っただけで誰にも言わなかった。

そのため、アルムがぶら下げているバッグの中で奇跡が起きているとは誰一人気づいていなかったし、今でも誰も知らないままである。

「パンもステーキもハンバーグも入ってるからな～」

大神殿で酷使されていた時は、溜《た》まりすぎた疲労《ひろう》で胃が固形物を受け付けなかった。

そんな時でもヨハネスは食事を残すことを許さなかったため、スープ等の液状のものだけを胃に流し込んで、固形物はヨハネスの目を盗んでバッグに放り込んでいたのだ。

バッグの中ではどんな料理も腐ることなくそのまま保存される。おかげで、しばらく食べ物に困らない。

野菜や果物《くだもの》ならいくらでも栽培できるし、水も生み出せる。浄化《じょうか》を使えば自分の体も綺麗《きれい》にできるので不潔にはならないし、風呂《ふろ》に入りたければ結界に目隠しを施《ほどこ》して外から見えないようにし、大量の水を作って沸かせばいいのだ。

「今のところ何も不足はないな～」

屋根もなければ壁もない。だけど、アルムは心から安らぎを感じていた。

夜になって辺りが暗くなっても不安は感じない。火球を生み出してベンチの周りの宙に浮かべているから明るいし、寝ている間も結界は維持できるので安心だ。

ぐっすり昼寝をしたはずなのに、またとろとろ眠くなってきて、アルムは火球を消して目を閉じた。

夜中に起こされる心配のない就寝って素晴らしい、と思いながら。

# 第二章

## 貧《ひん》民《みん》地区の兄《きょう》弟《だい》

ホームレス生活二日目。

アルムはストレス要因がなくなった上にぐっすり眠ったため、朝もすっきり目覚めることができた。

「えへへ。いい天気」

よく晴れた青空が広がっていて、まるで天気もアルムを応援してくれているようだ。アルムはにこにこしながらバッグから朝食を取り出して食べ始めた。

ちなみに、ベンチはアルムの能力で最高級のベッドのごとき寝心地になっている。おかげで体も痛くならず、すがすがしい朝を迎えることができた。

「うん。何も問題はないな」

寂《さび》れた廃公園になど通りかかる人も滅多にいない。アルムは伸び伸びとベンチの上生活を送れそうだと考えた。

「今日はどうやって過ごそうかな。まだまだ眠れる気がする……限界まで寝ようかな」

ひたすら眠って睡眠欲を思う存分満たしてやろうかと考え、アルムは「むふふ」と笑《え》みを漏《も》らした。自分で何をするか決められるって贅沢《ぜいたく》だ。

完全に勢いで飛び出してきてしまったけれど、丸一日経《た》った今、アルムはまったく後悔《こうかい》していな

かった。

朝起きてもヨハネス・シャステルの顔を見なくていい生活。何それ、天国。

今までは朝目を覚ました瞬間に「今日も一日が始まる……」と絶望していた。

そっちの方が異常だったのだ。今こうして、「今日はどうやって過ごそう」と考えられる状態が健全なのだ。

唯一《ゆいいつ》、心に引っかかるのは、アルム以外の聖女達のことだ。アルムがいなくなったことで代わりにヨハネスから無理難題をふっかけられていやしないだろうか。

彼女達にはヨハネスがやってくる前は些細《ささい》な嫌がらせもされたが、いつの頃からか嫌がらせはまったくなくなり、むしろふらふらのアルムを手助けしてくれていた気がする。

アルムは常に疲労困憊《ひろうこんぱい》でぼーっとしていたのであまりよく覚えていないが、幾度か匿《かくま》ってもらったりヨハネスに意見しているのを聞いたような記憶がある。

彼女達がアルムの次の標的になったらどうしようかと思ったが、すぐにその心配はないかと思い至った。

アルムの他の聖女は侯爵令嬢と伯爵令嬢、家族との仲も良好な様子だった。理不尽な目にあっても、ちゃんと助けを求めることができるだろう。

「うん。きっと大丈夫《だいじょうぶ》」

朝食後にお茶を飲んで一息吐《つ》いたアルムは、ベンチに寝転がって地面に花を咲かせて遊び始めた。

次から次へと色とりどりの花を咲かせ、満開になったら刈り取って空にぽいぽい飛ばしていく。

花はそのまま空を飛んでいき、王都の住民達の元に届いた。

その日、どこからともなく飛んできた花を受け取った王都の人々は、不思議に思いながらもその花を胸元《むなもと》や髪に飾った。

人々は花の美しさに心を和《なご》ませ、王都は華やいだ雰囲気《ふんいき》に包まれたのだった。

＊＊＊

薄暗い路地裏《ろじうら》で目を凝らす。

と、案の定、地面からゆらゆらと立ちのぼる黒い煙がみつかった。

少年は灰色のフードを深くかぶりなおし、人目につかないように路地裏の奥に歩み入った。

昨夜、この場所でゴロツキの喧嘩《けんか》があった。打ち所が悪かったのか、死人が一人出ている。

人間が不慮《ふりょ》の死を遂《と》げた場所には瘴気《しょうき》が発生しやすい。だから、こうした事件のあった場所には神官が派遣されて浄化を行う。

神官が浄化しきれなかった時は聖女が出動する。だが、ここ数年、聖女が浄化のために街へ降りてきたことは数えるほどしかない。

「ま、俺《おれ》が瘴気を横取りしているせいだけどな」

少年は口元に笑みを浮かべた。

神官が派遣される前に現場に駆けつけて、瘴気を回収する。少年はそうやって瘴気を集めているのだ。

ずっと誰《だれ》にもばれずに上手《うま》くやってきたが、どうやらここに来て第五王子が異変に気づき始めたらしい。このところ頻繁に街に降りて、噂《うわさ》や証言を集めているようだ。

「とはいえ、もう手遅れだ。俺達の復讐《ふくしゅう》は止められない……」

暗い笑い声を立てて、少年はゆらゆらと立ちのぼる瘴気に手を伸ばした。

その瞬間、

ひゅうぅぅー、すとんっ。

空の彼方《かなた》から飛来した何かが、少年の伸ばした手の先すれすれの地面に突き刺さった。


「……は？」

一瞬、何が起こったのかわからず、少年は硬直した。

飛んできて地面に突き刺さったのは、一輪の花だった。黄色い花弁《かべん》のどこにでもありそうな花だが、普通の花は空を飛んでこない。

少年はばっと顔を上げて辺りを見回した。

花を飛ばしてきた何者かが近くにいるはずだが、その姿は見えないし気配も感じられない。

「いったい……ああっ！」

もう一度、地面に刺さる花を見た少年は驚愕《きょうがく》の声を上げた。

どこでにもありそうな普通の花——だが、その花からは清浄な気が発されていた。

（これは、ただの花ではない……この花自体が浄化の力を持つ、護符《ごふ》のようなもの……！）

地面から立ちのぼっていた瘴気は、花の放つ清浄な気によって浄化され、跡形もなく消え去っていた。

「初めて邪魔《じゃま》が入ったな……俺の存在に気づいていやがるのか？」

少年はフードからはみ出した黒髪を苛立《いらだ》たしげに掻《か》き上げた。

それから、花を摘み取って強く握りしめた。

「誰だか知らないが……止められるものなら止めてみるがいい！」

＊＊＊

ヨハネス・シャステルは憤《いきどお》っていた。

誰に命じても、誰もアルムを探しに行こうとしない。

どいつもこいつも不法投棄のゴミを見るような目でヨハネスを睨《にら》み、「人でなし」だの「大神殿の汚物《おぶつ》」だの「全身余すところなくダニに噛《か》まれりゃいいのに」だのと罵《ののし》ってくる。王族に対する態度ではない。

「こうなったら、俺が直々《じきじき》に探しにいって連れ戻してやる！　アルムの奴……」

アルムが出ていってまだ二日目。しかし、すでに大神殿の業務は滞り始めていた。

さもありなん。この一年間、ヨハネスはアルムばかりに聖女の仕事の大部分を負わせ、他三人の聖女には何もやらせてこなかった。

結果、三人の聖女にはほぼ一年間のブランクがあったのだ。

歴代最高ランクの聖女であったアルムの仕事の後をスムーズに引き継げるわけがない。

三人は懸命に頑張《がんば》っていたが、ヨハネスはアルムを連れ戻すことしか考えていなかった。

「アルムさえ戻ってくればいいんだ。アルムさえいれば」

アルムはずっと自分の傍《かたわ》らにいるべきなのだとヨハネスは思った。だって、聖女の居場所は大神殿しかないのだから。

（どうせ、ダンリーク男爵家に戻ったんだろうが、男爵家ごときが掟《おきて》を破って大神殿を敵に回してまで聖女を匿ったりしないだろう）

ダンリーク男爵のことはよく知らないが、ヨハネスの知る限り男爵家の者がアルムに会いに訪《たず》ねてきたり手紙を寄越《よこ》してきたことはない。

聖女は建前《たてまえ》上は神の嫁なので、実家と過度にやりとりするのはいい顔をされないが、面会ぐらいは普通に認められるのに、だ。

アルムは妾《めかけ》の子で、男爵は異母兄だと聞いたことがある。アルムに会いに来ないところを見ると、不仲だったのかもしれない。

(そんな不仲な異母兄の元にいるより、大神殿にいる方がアルムだってずっといいだろう。ひょっとしたら、今頃《いまごろ》は出ていったことを後悔して、早く大神殿に帰りたいと思っているかもしれない)

「よし、さっさと迎えにいってやろう」

ダンリーク男爵家へ向かう準備を整えて、いざ出発しようとしたその時、第五王子がヨハネスを訪ねてきているという報告が入った。

「ワイオネル様が?」

第五王子のワイオネル・シャステルはヨハネスの異母兄だ。

国王には正妃《せいひ》と三人の側妃《そくひ》がいる。第五王子ではあるが、第一妃である正妃が産んだのが彼だけなので、王位継承順位第一位はワイオネルだ。

第二妃が産んだ上四人、第三妃が産んだ第六王子、第四妃が産んだヨハネスは、母親の身分が低いので王位継承順位は王太后《おうたいごう》が産んだ王弟より低い。

故に、ヨハネスにとっては第五王子は兄というより仕えるべき主君だった。

「忙しいところを悪いな」

「いえ」

ワイオネルは濃緑の髪と金色の瞳《ひとみ》を持つ威風堂々《いふうどうどう》とした青年だ。十七歳にしてすでに王者の貫禄《かんろく》があり、立太子も間近と言われている。

「例の件についてでしょうか？」

ヨハネスは少し声を低めた。

「ああ。やはり、不自然に瘴気が消えている、と思う。一度発生した瘴気は、浄化しない限り自然に消えることはないのだろう？」

以前に説明したことを確認されて、ヨハネスは頷《うなず》いた。

「瘴気は時間が経って大きくなれば普通の人間の目にも見えるようになりますが、発生したばかりの弱い瘴気は神官や聖女――あるいは闇《やみ》の魔力を持つ者にしか見えません」

ヨハネスは神官になってすぐに、ここ数年にわたって瘴気の発生率が下がっていることに気づいた。

瘴気が目撃された場所、あるいは発生しそうな場所に神官を派遣しても、「瘴気は発生していなかった」という報告が上がるばかり。

これだけ多くの人間が暮らす王都で、人の悪意や執念から生み出される瘴気が発生しないわけがない。

「闇の魔力を持つ何者かが、瘴気を集めて悪用しているのかもしれません」

「しかし、瘴気が引き起こした事件の報告もない。誰かが集めているとしたら、何が目的なのだ」

何かが起きたのならともかく、現時点では何も起きていないのだ。民を不安にさせるわけにはいかないので、ヨハネスはワイオネルだけに異変を打ち明けて二人で調査をしているが、進展がなく八方塞《はっぽうふさ》がりだ。

「考えすぎならいいのだがな」

「ええ」

ワイオネルの呟《つぶや》きに、ヨハネスも肩をすくめて同意した。


「ところで、ヨハネス」

一通り瘴気について話し合った後で、ふと思い出したようにワイオネルが口を開いた。

「何でしょう?」

「部下が話していたのを聞きかじったんだが、聖女のような服を着た少女が貧民地区の近くの土地を購入したとかいう噂があるらしいな。ただの噂だとは思うが、もしかして何か聖女を派遣しなければならないことが貧民地区で起きたのか?」

ワイオネルの言葉に、ヨハネスは目を見開いて拳《こぶし》を握りしめた。

聖女のような服を着た少女。

アルムが大神殿を飛び出したことはまだ外には漏れていないが、聖女の格好をした少女が街をうろちょろしていれば目立つ。早速、噂が立ったようだ。

(だが、貧民地区?　なんだってそんなところに)

てっきり男爵家に帰っているものと思っていたヨハネスだったが、ワイオネルの手前、動揺は表に出さなかった。

「あ、ああ。それならばご心配には及びません」

「そうか。ならばいいが」

ヨハネスはワイオネルを見送ってから、すぐにアルムを迎えにいくつもりだった。

だが、そこへ大神殿に仕える従者が駆け込んできた。

「失礼いたします。バガンセア小神殿で少々問題が……」

従者が携えてきた書状を見て、ヨハネスは顔をしかめた。

「忙しそうだな。俺はこれで失礼する」

「申し訳ありません。慌ただしくて……」

「気にするな。お前が苦労しているのは知っている」

ワイオネルはヨハネスをねぎらってから立ち去っていった。

＊＊＊

王都の外、東の地に広がるハガル砂漠から飛んでくる砂が、貧民地区の地面に積もっている。

貧民地区の真ん中には井戸があり、昔は住民の喉《のど》を潤《うるお》していた。

だが、数年前から井戸にも砂が積もり、今ではすっかり埋まってしまっている。

他に水を得られる場所は貧民地区にはなく、ずっと離れた他の地区の共同井戸まで行って水を汲《く》んでこなければならない。

水を汲んで帰ってくるだけで、一日の時間の大部分を削られてしまう。また、非力な女子供や年寄りしかいない家では、水汲みは大変な重労働だった。

貧民地区に住む幼《おさな》い兄弟、兄のヒンドと弟のドミは、空になった水瓶《みずがめ》を覗《のぞ》き込んで眉《まゆ》を曇らせた。

「兄ちゃん。水を汲みに行かなくちゃいけないね」

幼い兄弟にとって、水汲みは一日仕事だ。水汲みに一日を費やせば、当然働けなくてその日の収入はなくなる。

「仕方がない。行くぞ」

それぞれ手に水瓶を抱えて、兄弟は東地区の共同井戸を目指して歩いていった。

だが、ようやく辿《たど》りついた共同井戸では、先に出た貧民地区の住民が男達となにやら揉《も》めていた。

「そんなめちゃくちゃな話があるか！」

「そう決まったのだ。従えないなら他の場所で水を汲んでもらおう」

役人のような男が、偉そうにふんぞり返っている。

「他の居住区の井戸を使う場合は使用料を払うこと。ここは東の居住区の共同井戸だ。貧民地区の貴様らが水を汲みたければ、一回につき二十ルベラ払ってもらおう」

「ふざけるな！」

貧民地区の住民が役人に食ってかかる。

怒るのは当然だ。十ルベラで安いパンが一個買える。貧民地区の住民には、水を汲むためだけに二十ルベラも払えるわけがなかった。

「貧民地区の井戸は何年も前に砂に埋まってしまって使えない！　何とかしてくれと言っても、あんた達役人は何もしてくれないじゃないか！　それなのに、他の居住区の井戸を使うなとは何ごとだ！」

「ええい、うるさい！　これは王が決めた命令だ！」

役人は見下した目で髭《ひげ》を撫《な》でた。

「金を払いたくないなら、その辺の川の水でも飲めばいいではないか」

貧民地区の住民達は怒《いか》りのあまり拳を握りしめた。

役人を殴り飛ばせばたちまち捕まってしまうので耐えたが、内心では腸《はらわた》が煮えくり返っていた。

「兄ちゃん……」

ドミが不安そうにヒンドに寄り添《そ》った。

ここで水が汲めなければ、貧民地区の住民達に生きる道は残されていなかった。

＊＊＊

貧民地区の近くで聖女の服を着た少女が土地を買った。

アルムに違いない。ヨハネスはそう確信した。

何故《なぜ》、アルムがそんなところの土地を買ったのかはわからないが、そこに行けばきっとアルムに会えるだろう。

そうとわかれば、一刻も早くアルムを連れ戻しに行きたかった。

だが、連れ戻しに行こうとした矢先に、小神殿の一つで問題が起こり、ヨハネスが対応をしなければならなくなった。


王都にある大神殿とは別に、王都以外の町や村にも十二の小神殿がある。

これらの統率《とうそつ》をするのも王都の大神殿に仕える神官の役目だ。

「くそっ……バガンセア小神殿の神官長は前にも似たような問題を起こしやがったよな……」

書状を片手に、従者達に指示を飛ばしながら、ヨハネスは眉をつり上げた。

書状に記されている訴えは、小神殿の改修費用としてバガンセア小神殿の管理区域の住民一人につき三千ルベラを強制的に徴収されたというものだった。


神官、といえば清廉なイメージを持つかもしれないが、この国の神官は大半が腐《くさ》っている。

というのも、彼らは信仰のために神官になったのではなく、金で神官の位を買ったにすぎないからだ。

要するに、神官という役職が家を継げず、自らの力で役職を得ることもできなかった大貴族の次男以下の受け皿となってしまっているのだ。

これは小神殿の神官の任命権を国王が握っていることに原因がある。

親が多額の寄付を納めて神官の位を買い、息子に与えるのが常態となっている。

自らの力で道を切り開くことのできなかった者達だ。そんな連中が神官になったからといって、いきなり清廉な人間になるはずもない。

どこの小神殿でも貴族出身の神官は偉そうにしているだけで、実務は見習いや従者が行っている。

何もしないならまだマシで、私腹を肥やそうとしたり贅沢な暮らしをしようとして横領や脱税、強制的な寄付金の徴収をする輩が後を絶たない。

王都の大神殿だけは別だ。大神殿の神官になるためには必ず資格試験を受けなければならず、金で位を買うことは不可能だからだ。

何故なら、大神殿には聖女が暮らしている。聖女を護《まも》ることもまた、大神殿の神官の重要な役目だ。無能な者に任せるわけにはいかない。

（こんなことしている場合じゃねぇのに！　早くアルムを迎えにいってやらなくちゃあいけないのに……クソが！）

何が改修費用だ。どうせ、自分の部屋を無駄《むだ》にゴージャスにしようとしただけだろう。

（なんでこんな馬鹿《ばか》どもの尻拭《しりぬぐ》いをしなきゃならねぇんだ！）

ヨハネスは壁を殴りたい気持ちを抑えて、命令書を綴《つづ》る手に力を込めた。

ヨハネスが腐った神官の愚行《ぐこう》の尻拭いをしていた頃、第五王子ワイオネルは貧民地区を目指して歩いていた。

一緒に歩く護衛の者は頻《しき》りに戻るように勧めてくる。ワイオネルも普段なら貧民地区などに近寄りはしないが、今日は何故だか例の目撃証言が気にかかった。

どんな理由があって、こんな場所を聖女が訪れたのか。

(それにしても、こちら側はこんなにも寂れていたのか。これまで目にしたことがなかったな)

貧民地区のある東側との間は川で隔てられており、その川一つを越えれば景色が一変した。同じ王都とは思えない。

(では、貧民地区はもっと悲惨な環境ということか。なんとかしたいものだが……)

現状は第五王子でしかないワイオネルに政治に携わる資格はない。

立太子すればある程度は口を出せるようになるが、有能な彼を王太子に立てるのをよく思わない者も多く、ワイオネル自身の先行きが不透明である現在、貧民地区に関《かか》わっている余裕はなかった。

(やはり、こんなところに聖女とはいえ若い女が近寄るとは思えないな……)

そう思いながら、貧民地区へ続く道を歩いていた時だった。

「は〜、落ち着くわ〜。おひとり様万歳《ばんざい》〜」

貧民地区の手前に荒れ果てた小さな空き地があり、その真ん中にベンチがあった。

そのベンチに長々と横たわり、ばりばり煎餅《せんべい》をかじっている少女は、確かに聖女のまとう法衣《ほうえ》を着ていた。


「おい。お前は聖女か？」

「んあ？」

空き地に足を踏み入れようとしたワイオネルだったが、見えない壁に阻《はば》まれたように体が跳ね返った。

「これは……結界か？」

ワイオネルは愕然《がくぜん》とした。見た目にはまったく何も見えない。しかし、確かに目の前に堅固な壁がある。どうやら空き地を結界で覆《おお》っているらしい。

「ここに何か浄化すべきものがあるのだな？　しかし、何故護衛の聖騎士がいないのだ？」

聖女は一人、ベンチに寝そべっている。もしかしたら、結界を維持する疲労で立ち上がれないのかもしれない。

「聖女を護るのも聖騎士の役目であろうに。どういうことだ」

ワイオネルは眉根《まゆね》を寄せた。帰ったらヨハネスを問いつめねばなるまい。何故、彼女一人を貧民地区へ派遣したのかを。

第五王子
ワイオネル・シャステル

「お前、名はなんという？」

「ふえ？」

アルムは目を瞬《またた》いた。


ゆったりとくつろいでいたら、見ず知らずの青年が勝手に結界にぶち当たってなにやらぶつぶつ言っている。明らかに高級な服を着ているし、従者を連れていることからしても高位貴族の子弟に違いない。

（やだなぁ。関わりたくないや）

アルムは平穏な暮らしに入ってこようとする貴族に眉をしかめた。

「おい、聞こえないのか？」

「聞こえてますけど……」

「名はなんという？」

重ねて問われて、仕方がなくアルムは答えた。

「アルム・ダンリークです」

「ダンリーク？　ダンリーク男爵家か。大神殿の聖女だな」

大神殿に住む四人の聖女の家名を、ワイオネルはちゃんと知っていた。

「あなたは誰ですか？」

アルムはよっこいせと身を起こして尋ねた。

「俺はワイオネル・シャステル。この国の第五王子だ」

ワイオネルが名乗った。

その途端、

ずざざざざっ！


耳障《みみざわ》りな音が地面を這《は》うように近づいてきて、ワイオネルの眼前に巨大な砂の壁が一瞬にしてできあがった。

「何⁉」

壁の向こうの少女の姿が見えなくなったことに、ワイオネルは驚愕してうろたえた。

「どうした⁉　何かあったのか⁉」

壁を叩《たた》いて尋ねるが、答えは返ってこない。

「くっ……俺にはどうしようもない。ヨハネスを呼んでこなければ……」

壁の向こうの聖女に何があったのか、魔力のない自分では何もわからない。

「待っていろ！　すぐに助ける！」

ワイオネルは壁に向かってそう告げると、身を翻《ひるがえ》して貧民地区を後にした。

貧民地区の住民達は顔を寄せ合って悩んでいた。

「王宮に訴えよう！」

「無駄に決まっている。貧民の訴えなぞ、まともに取り合っちゃもらえんさ」

「東地区以外の共同井戸に行っても同じことだろうな……」

井戸を使えないのならば、川の水を飲むしかない。土の混ざった濁《にご》った水で命を繋《つな》ぐしか、貧民地区の住民に道は残されていなかった。

「くそっ……あいつらは俺達が死んだって『ゴミが減った』くらいにしか思わないんだ！」

「いっそのこと戦うか？」

「無駄だ。どちらにしろ、貧民地区は全滅だ」

大人達の話し合いを覗いて、ヒンドとドミはぎゅっと唇を噛んだ。

「兄ちゃん……」

「くそっ！　ここの井戸が砂で埋まりさえしなきゃあ……」

ヒンドが悔《くや》しげに呻《うめ》いた。

その時だった。


ひゅうぅ……

風の巻き起こる音が聞こえた。

次の瞬間、足元の地面に積もっていた砂が、風に巻き上げられて渦巻いた。

「うわっ⁉」

貧民地区の住民達が驚いて目と口を押さえる。

風は強くうねり、どんどん砂を巻き上げていく。

そして、勢いよく貧民地区の外へ流れ出していった。


「な、なんだったんだ……？」

風が収まった後、人々はおそるおそる顔を上げた。

「いったい……？」

「兄ちゃん、見て。砂がなくなってるよ！」

見ると、地面を覆っていた砂がすっかり消え去っていた。

「お、おい！　見ろ！」

誰かが叫《さけ》んだ。

「井戸の底が！」

慌てて井戸に駆け寄った人々は、井戸を埋め尽くしていた砂がなくなり、底の方から水が湧《わ》き出《で》てくる音がするのを聞いた。

「こんなところまで王子がくるだなんて……」

砂を集めて壁を作ったアルムは、ベンチに座ったまま身を震わせた。

きっと、自分を連れ戻しにきたに違いない。

「冗談じゃない。もう大神殿なんかに戻らないいんだから……」

アルムが腕を一振りすると、壁を形作っていた大量の砂が崩れて空中に舞い上がった。

「砂漠に戻れ！」

命じると、大量の砂は王都の外の砂漠へと飛んでいく。

「ふぅ……もう、放《ほう》っておいてよ」

アルムは再びベンチに寝転がってぼやいた。

＊＊＊

「何ですって⁉　アルムが？」

ワイオネルからの報告を聞いたヨハネスは、大神殿の執務室で椅子《いす》を蹴倒《けたお》して立ち上がった。

「本当に貧民地区に……？　なんだってそんなところに……」

「あの子は何故、一人であんな場所にいるのだ？」

「まあ……行き違いがありまして……」

ワイオネルの質問にヨハネスが言葉を濁すと、背後に控える聖騎士が「はっ！」と嘲笑《あざわら》うように吐《は》き捨てた。おい、態度。

「と、とにかく、すぐに連れ戻しますので、ワイオネル様はご心配なさらないでください」

ヨハネスはなんとか取りつくろい、ワイオネルは自分は大神殿の関係者ではないからとそれ以上は何も言わずに王宮へ帰っていった。


「よし！　アルムを連れ戻しに行くぞ！」

「させませんわっ！」


早速、貧民地区へ向かおうとしたヨハネスだが、すかさずキサラの声が響いた。

「何っ⁉」

突如として、輝く光の輪が自らの体に巻き付いてきた。動きを封じられたことに、ヨハネスは驚愕の声をあげた。

「こ、この術はっ……」

「ええ。これは光の魔法の中でも聖女のみが使える技……聖女に敵対する者の動きを封じる『光環封術』！　わたくしにも遂《つい》に使うことができましたわ！」

姿を現したキサラが手をかざしながら歩み寄る。

「き、貴様っ……！」

ヨハネスが顔を歪《ゆが》める。大神殿で聖女が神官を封じるという前代未聞の事態である。光の魔法は邪悪な存在を打ち払うための魔法なのだが。

「あなたをアルムの元へは行かせない……決して！」

「な、何故だっ⁉　アルムが心配じゃないのか！　貧民地区なんかにいたら何があるかわからないんだぞ！」

「アルムは結界で自分の身を守ることぐらいできますわ。それに、ここに連れ戻されるぐらいなら、貧《まず》しい土地でも自由に過ごせる方がいくらかマシですわ」

「何を言っている⁉　アルムは聖女だ！　連れ戻して何が悪いっ⁉」

「なんて醜悪な生き物かしら……！　これ以上、あなたの好きにはさせないっ‼」

キサラは渾身《こんしん》の力を込めて祈った。

「……くっ！　駄目《だめ》だわ！　わたくしの力では、奴《やつ》を浄化できないっ……‼」

「神官を浄化してどうするんだっ⁉　放せコラッ‼」

なんで自分が倒すべき魔物みたいな扱いをされなければならないのだと、ヨハネスはこめかみに青筋《あおすじ》を浮かべて怒鳴《どな》った。

「神よ……わたくしに力を！　聖女に仇《あだ》なす者に裁《さば》きをっ‼」

「キサラ様っ！」

「わたくし達も共に戦いますっ！」

「あなた達っ……」

他二人の聖女も駆けつけてきて、三人は力を合わせて敵に立ち向かった。

「だからっ、なんで神官を倒そうとしてるんだテメェらっ!!」

ヨハネスの怒声が響くが、大神殿の中には聖女達の暴走を止める者もヨハネスを助けようとする者もいなかった。

＊＊＊

「ん～、昨日の第五王子はいったい何をしにきたんだろう？」

リンゴをかじりながら、アルムは呟いた。

「やっぱり、私を連れ戻しにきたのかな……？」

ベンチの近くに生やした木からぽとぽと落ちては宙にふわふわ浮かぶリンゴに囲まれて、アルムは難しい表情をした。

大神殿に戻るつもりはまったくないが、第五王子がやってくるぐらいだから何かアルムに大切な用があるのかもしれない。

「でも、何も心当たりがないしな……」

宙に浮いているリンゴが、ひとりでにぽいぽいとバッグに放り込まれていく。

荒れ果てていた廃公園のひび割れた地面は、アルムの力によって肥沃《ひよく》な大地に変わっていた。

ベンチに寝転がったまま念じただけで土を耕して畑にし、いろいろな作物を育てては収穫した野菜や果物をバッグに放り込んでいる。

ひとしきり、指一本動かさないで農作業を終えたアルムは、ふうと息を吐いてバッグを閉めた。収穫を終えた木や根はずぶずぶと地面に沈んでいき土に還《かえ》る。

「まあ、どうでもいいか」

考えるのが面倒《めんどう》くさくなったので、アルムは第五王子の存在を綺麗《きれい》さっぱり忘れることにした。


もう一つリンゴを食べようとバッグから取り出し、口を開けてかじりつこうとしたアルムは、公園の外に小さな子供が立っていることに気づいた。

貧民地区の住民だろう。薄汚れた服を着て、随分と痩《や》せている。

子供はアルムが手にするリンゴをじっとみつめていた。

アルムはリンゴを子供に向かって放り投げた。リンゴはまるで宙を飛ぶような動きで、呆気《あっけ》にとられる子供の手の中にぽすっと着地した。

子供は手の中のリンゴとアルムを交互に見て戸惑っていたが、やがてリンゴを大事そうに抱えて貧民地区の中に走っていった。

それを見送って、アルムはふわぁ、と欠伸《あくび》をした。

神の奇跡によって井戸が復活した貧民地区では、住民達が喜びと安堵《あんど》に包まれていた。

「しかし、あの風はなんだったんだ？」

「神の御業《みわざ》だろう」

大人達は口々に神への感謝を述べる。ヒンドも心の中で神に礼を言った。


「兄ちゃん！」

「ドミ、どこに行ってたんだ？」

姿の見えなかった弟が戻ってきたが、ヒンドは弟が手にしているものを見て目を見開いた。

「お前、このリンゴはどうしたんだ？」

「もらったんだよ！　天使様に！」

「天使様？」

ドミはにこにこと嬉《うれ》しそうに笑った。

「空き地のベンチに寝転がってたんだ！　天使様だよ！」

ドミはアルムの姿を思い浮かべて言った。

あんなに綺麗な女の人は初めて見た。肌は白くて服も真っ白で、どこも汚れてなんかいなかった。

貧民地区の住民しか知らないドミには、清潔な身なりのアルムが天上の存在に見えたのだった。

「すごいんだ！　空き地に木がにょきにょき生えて、リンゴの実は全部バッグの中に入っちゃって、そしたら木は枯れて元の空き地に戻ったんだ！」

支離滅裂《しりめつれつ》な説明にヒンドは目を白黒させたが、ドミは見たものを見たままに語っているだけだった。

彼女はきっと、自分達の元へ遣わされた天使に違いない。

ドミはそう信じていた。

＊＊＊

「今日こそはアルムを連れ戻しに行くぞ！」

ヨハネスは集めた聖騎士達にそう宣言した。

昨日は結局、聖女達の術に動きを封じられて、それを解くのに体力を使い果たして動けなくなってしまった。王族になんてことしやがる。

「だが、奴らも大分、力を消耗したに違いない。今日はもう『光環封術』は使えないはずだ」

ヨハネスはにやりと笑った。

今日こそはアルムを連れ戻して、聖女として自分と共にこの国の腐敗と戦うのが使命だと改めて言い聞かせるのだ。

アルムとならば、どんな相手とも戦える。負ける気はしない。

「よーし！　待っていろアルム！」

聖騎士達を従えて、ヨハネスは意気揚々《いきようよう》と大神殿から飛び出した。

そして、一歩踏み出した途端、地面が陥没して穴の底に落下した。

「なんだ⁉」

『イエーイ！　大成功！』

穴の底で呆然《ぼうぜん》とするヨハネスの頭の上で、聖騎士達がきゃっきゃっとはしゃぐ声が聞こえてくる。

「なんのつもりだ、お前ら！」

「我々は正しき神官と聖女を護るのが使命！　聖女アルムを護るために力を合わせて悪《あ》しき者を地の底へ封じたまでのこと！」

「何が『までのこと』だ！　王族を穴に落としてただで済むと思ってんのかテメェら！」

「やーねー。身分を笠《かさ》に着て脅すだなんて……」

「アルム様のこともいつもこうやって脅していたのよ。野蛮《やばん》よねー」

「いたいけな少女をいじめるなんて最低のタマナシ野郎だわ」

「やだ。お下品よ。せめてパワハラ外道肥溜《げどうこえだ》め野郎と言ってちょうだい」

何故か主婦の井戸端会議《いどばたかいぎ》みたいな口調でヨハネスを批判してくる聖騎士達に、ヨハネスの怒りが爆発《ばくはつ》した。

「いい加減にしろ！　この国にアルムの力は絶対に必要なんだ！　俺はアルムを連れ戻すまで諦《あきら》めないぞっ！」

どいつもこいつも理解していない。アルムがどれだけすごい力を持った聖女であるかを。

(アルムのことを理解しているのは俺だけだ)

初めて出会った時のことを思い出す。他の聖女達とは違って、控えめに隅の方に立っていた少女は、ヨハネスと目が合うと紫《むらさき》の瞳を丸くして、幼子のように純粋に笑ったのだ。

王族の端くれとして、周りの人間に決して気を許さずに生きてきたヨハネスは、その穢《けが》れのない無垢《むく》な笑顔に誓ったのだ。

この国を、この聖女にふさわしい清らかな国にしてみせると。

「アルム……」

やたらと深い落とし穴の底で、ヨハネスは少女の名を呟いた。

＊＊＊

聖シャステル王国宰相クレンドール侯はその報告を聞いて口角《こうかく》を持ち上げた。

「やはり、聖女アルムは大神殿を出たのか」

聖女が大神殿から逃げるなどとんだ椿事《ちんじ》だ。この好機を逃すべきではない。

クレンドールはすぐさま聖女アルムを自らの陣営に引き抜くための方策を講じた。

クレンドールは高潔で清廉潔白な第五王子の即位を阻止《そし》したいという野望を抱いていた。彼は優秀すぎて傀儡《かいらい》にできない。

おまけに、神官となった第七王子は第五王子派だ。このまま第五王子が立太子してしまえば、大神殿を後ろ盾に政教協力体制の下でその権勢は揺るぎないものとなってしまう。

「だが、聖女に逃げられるとは。これは第七王子の明らかな失態だ。第七王子の力を削《そ》げば、第五王子も無傷では済むまい」

クレンドールは低い笑い声を漏らし、聖女アルムの存在を最大限に利用することを決意したのだった。

＊＊＊

「ぐうぐう……ん？」

ベンチでお昼寝をしていたアルムは、ざわざわと騒がしいのに気づいて目を覚ました。

「……？」

公園の周りにぐるりと人だかりができていた。

結界があるのでそれ以上は入ってこられないが、彼らはアルムが目を覚ましたのを見ると話しかけてきた。

「な、なあアンタ！　こんなところで何をしてるんだ？」

「昼寝ですけど？」

アルムは目をこすりながら答えた。そして気づいた。ベンチの周りがトマト畑と化している。

「あれぇ？　……ああ、そういえば、ヨハネス殿下の顔をした吸血鬼《きゅうけつき》にトマトをぶつけて退治する夢を見てたんだった」

百匹に分裂した吸血鬼ヨハネスモドキを倒すため、夢の中のアルムは力を振り絞ってトマトを投げていた。

その悪夢のせいで、寝ている間にうっかり現実でもトマトを育ててしまっていたのだろう。ヨハネスモドキの本体には大きなトマトをぶつけても効果がなく、最終的にミニトマト銃で心臓を打ち抜いて勝利したのだった。


「すいません、ちょっと寝ぼけまして……」

とりあえず実ったトマトは収穫してしまおうと、アルムはさっと手を一振りした。

それだけで、実っていたトマトがもぎ取られて宙に浮かぶ。人々はどよめいた。

「こ、この畑、アンタのか？」

中の一人が代表して声をあげた。

「そうですけど？」

「子供にリンゴをやったって聞いたけど、リンゴも作れるのか？」

アルムは首を傾《かし》げつつ、リンゴの木を生やしてみせた。人々が驚愕の声をあげる。

「リンゴとトマトの他の食べ物もできるのか？」

「野菜と果物なら……」

「た、頼みがある。作物を少し、分けてくれないか？」

アルムは目を瞬いた。


ひたすらだらだら過ごしたいアルムは、この廃公園なら誰も来ないだろうと思っていたし、正直に言うとこんなに大勢の人と関わりたくない。

これだけの人数に均等に分け与えるには、かなりの量の作物を収穫しなければならない。

さすがのアルムも力の使いすぎで疲れてしまうかもしれない。せっかくヨハネスから離れられたのだから、もう疲れることはしたくない。

しかし、彼らは貧民地区の住民なのだろう。身なりはぼろぼろだし、気の毒になるくらい痩せている。

断るのも寝覚めが悪そうだ。何度も頼みに来られても困る。それなら、作物を分けてやった方がよさそうだ。アルムはそう思った。

「かまいませんよ」

答えると、アルムはぱちん、と指を鳴らした。

途端に、空き地一面ににょきにょきと野菜や果物の木が生えてきて、あっという間に実がなり始める。それらは食べ頃になると勝手に木からもぎ取られ、大量の果実や野菜が結界の外に飛び出した。

人々は歓声をあげて降ってきた作物を受け止めた。

市場で買うよりも瑞々《みずみず》しくて立派な作物がタダで手に入るのだ。誰もが手に抱えきれないほど作物を抱え、頬《ほお》を紅潮させていた。

「な、なあアンタ……聖女様なのか？　なんでこんなところにいるんだ？」

不思議そうに尋ねられて、アルムは答えた。

「私は聖女じゃありませんよ」

もう、辞《や》めたのだから。と、アルムは思った。

# 第三章

# 大神殿から出られない

ホームレス生活は順調だ。

いつでも好きな時に寝られるし、誰《だれ》とも関《かか》わらなくていい。

そう思っていたのだが、成り行きで貧民《ひんみん》地区の住民のために作物を作らなければならなくなってしまった。

本音を言うと面倒《めんどう》くさい。

「でも、人助けだからなぁ」

辞《や》めたとはいえ、元聖女だ。困っている人に手を差し出すことを面倒くさがってはいけない。

「ちょっと大変だけど……何やっても怒鳴《どな》られた大神殿の仕事に比べればずっといいわ」

アルムは溜《た》め息《いき》を吐《つ》いてベンチに横になった。

ベンチの上でごろごろしていても誰にも叱《しか》られることもない。理想のホームレス生活を送れているのだから。と、アルムは自分に言い聞かせた。

一週間前にきた時とは違い空き地に人だかりができているのを目にして、ワイオネルは眉《まゆ》をひそめた。

「なんだ？」

近寄ってみると、人々はその手に山のように野菜や果物《くだもの》を抱えている。市でも立っているのかと思ったが、その様子はない。

人々が作物を抱えて貧民地区へ帰っていくのを見送ったワイオネルは、人だかりの消えた空き地のベンチで疲れた様子で息を吐いているアルムの姿をみつけた。

「アルム」

「うぎゃっ？」

ワイオネルが声をかけると、アルムはベンチの上で飛び上がった。

「な、何かご用ですか……？」

「怯《おび》えるな。様子を見にきただけだ」

何故《なぜ》かぶるぶる震えだしたアルムを落ち着かせると、ワイオネルは空き地を見回して首を傾《かし》げた。

「お前が、貧民に食料を施《ほどこ》しているのか？」

まさかと思いながら尋ねると、アルムはおそるおそる頷《うなず》いてワイオネルの目の前ににょきにょきと木を生やした。

その木から桃《もも》の実が一つ落ちてきて、ワイオネルの手に収まった。木はしゅるしゅると縮んでいき、土の中に戻って跡形もなくなる。

ワイオネルは手の中のまるまるとして瑞々《みずみず》しい果実を眺め、アルムが豊穣《ほうじょう》の女神の寵愛《ちょうあい》を得ているのだと確信した。

「お前は、毎日ここで木を生やし、作物を配っているのか？」

アルムが頷くと、ワイオネルは難しい表情で黙《だま》り込んだ。

アルムはもう王家に関わりたくないのに、なんだって第五王子がここを訪《たず》ねてくるのだろう、と思いながら居心地《いごこち》の悪い思いをしていた。

ややあって、ワイオネルが再び口を開いた。

「まったくの無償で配っているのなら、それはやめた方がいい。お前のためにも、貧民のためにもよくない」

アルムは目を瞬《またた》いた。

何を言っているんだろう。

食べるものにも事欠く貧民地区の住民は、アルムの与える作物をありがたがっている。

彼らがお腹《なか》いっぱい食べられるようになるのなら、それでいいではないか。

アルムが納得のいかない表情をしていることがわかったのか、ワイオネルは短く息を吐いた。

「お前は人々を助けているつもりなんだろう。それ自体は素晴らしく慈愛に満ちた行動だ。だが、お前はまだ幼《おさな》い。まだ人間の本質を見ていないのだ」

ワイオネルはアルムをまっすぐにみつめて言った。

「人間は、与えられることに慣れてはいけないのだ。お前にも、すぐに理解できるだろう」

そう告げると、ワイオネルはきびすを返して去っていった。

その後ろ姿を見送って、アルムは「むう」と頬《ほお》を膨《ふく》らませた。

＊＊＊

「何？　聖女が？」

王宮の一角で、豪奢《ごうしゃ》な椅子《いす》にもたれた麗しい容姿の青年が愉《たの》しそうに笑った。

「さようでございます。第七王子は聖女アルムと仲違《なかたが》いをして、大神殿から追い出したそうなのです」

「なんてことだ。大切な聖女を蔑《ないがし》ろにするとは」

クレンドールの持ちかけてきた話に、青年は金の髪を指でくるくる弄《もてあそ》んだ。

「まったくもって、第七王子は聖女の大切さを理解しておられないようですな。ヴェンデル第一王子殿下のように、聖女の必要性を理解してくださる御方がそばにいれば、聖女アルムも出奔《しゅっぽん》などせずに済んだでしょうに」

クレンドールは大袈裟《おおげさ》に眉間に皺《しわ》を寄せて首を横に振った。

「ふむ。そうだな」

ヴェンデルは秀麗《しゅうれい》な容貌《ようぼう》を歪《ゆが》めて笑った。

クレンドールはほくそ笑む。七人いる王子の中で、もっとも容姿が優れているのが第二妃が産んだ第一王子ヴェンデルだ。

どれだけの令嬢が、彼の青い目にみつめられたいと胸を焦《こ》がしていることか。

第二妃の美貌をそっくりそのまま受け継いでいるヴェンデルは、物心ついた頃から数多《あまた》の娘達を虜《とりこ》にしてきた。

彼が甘い言葉を囁《ささや》くだけで、若い娘は思い通りになってくれる。

その魅力を、聖女アルムを取り込むために存分に使ってもらおう。

「聖女が行き場所を失い、不安な目にあっていると思うと心が痛い。私が助け出し、保護しようではないか」

自信たっぷりのヴェンデルは、憐《あわ》れな聖女を救い民衆からもてはやされる己《おのれ》の姿を想像して愉悦《ゆえつ》に浸《ひた》った。

＊＊＊

大神殿から出られない。

毎日毎日、速攻で仕事を片づけては貧民地区へ向かおうとするのだが、ことごとく聖女と聖騎士達に阻止《そし》されてしまう。

意味がわからない。

「なんで、テメェらは俺《おれ》の邪魔《じゃま》をするんだ！　神官で第七王子だぞ俺は！」

ヨハネスは握った拳《こぶし》で机を叩《たた》いた。

神官が聖女を迎えにいこうとするのを、何故止められなければならないのだ。

アルムを迎えにいこうとするヨハネスを、キサラをはじめとする聖女達は邪悪な存在を滅する光の魔法を駆使して食い止め、聖騎士達は落とし穴や執務室の扉を板で打ち付けて塞《ふさ》ぐなどの物理的な方法でヨハネスを外に出すまいとする。

どいつもこいつも戦う相手が違うだろう、とヨハネスは思うのだが、悲しいことにヨハネス以外の者は全員ヨハネスを食い止めることに全力を尽くしている。

「クソォ……早くアルムを取り戻さなければ……！」

「もう、諦《あきら》めたらどうです？」

「馬鹿《ばか》を言うな！　アルムの力を失うわけにはいかない！」

ヨハネスの言い分に、護衛の聖騎士は呆《あき》れ果てたように溜め息を吐いた。

「あなたがそうやって、あの子を道具扱いしているうちは、皆会わせたくないと思いますよ」

聖騎士の言葉に、ヨハネスは振り向いた。

（道具扱い……？）

皆そう思っているというのか。ヨハネスが、アルムを道具扱いしていたと。

（そんな馬鹿な）

ヨハネスは他の誰よりも一番、アルムの力を認め、アルムの存在を必要としてきたのに。

そんな馬鹿な、と考えつつ、ヨハネスはふと不安に駆られた。

アルム本人も、そう思っていたらどうする。

ヨハネスから酷使され、都合のいいように利用されたと思っていたら。

「いやいや。まさか、そんな……」

ヨハネスは不吉な想像を頭を振って払いのけた。

「とにかく、この国にはアルムが必要なんだ。だから……」

「それなら、他の神官を迎えにやったらどうですか? オーリオ神官でもファネル神官でも、ヨハネス殿下以外ならアルム様を迎えにいけるでしょう」

聖騎士にそう言われて、ヨハネスは口をつぐんだ。

聖騎士の言うように、大神殿にいるヨハネス以外の神官に頼んで迎えにいってもらえばいい。

言われるまでもなく、それはわかっているのだが。


オーリオ神官はオーリオ伯爵家の三男で、幼い頃から神に仕える道を志《こころざ》していたという信心深い若者だ。

大神殿の外での奉仕活動に率先《そっせん》して赴《おもむ》き、弱者に寄り添《そ》う崇高《すうこう》な人物だ。面立《おもだ》ちは優しげで、独身《どくしん》の二十四歳。

うん。駄目《だめ》だ。何が駄目かはわからないがなんか駄目だ。

ファネル神官は貴族家の出身ではない。元は商家の末息子だったが、軍に入隊して軍人になった。任務中に仲間を庇《かば》って右腕に怪我《けが》を負い、剣を握れなくなったため除隊して神の道へ入ったという。明るく豪快な性格で、褐色《かっしょく》の肌とダークブロンドの髪、しなやかな筋肉がまるで黒豹《ひょう》を思わせる。彼目当てで祈りに通ってくる若い女性が後を絶たない、男盛りの魅力にあふれる二十九歳。

うん。危険だ。何が危険かはわからないがなんか危険だ。

「……いや、アルムは俺が迎えにいく」

何故か、自分以外の者にアルムを迎えにいかせるのは気が進まなかった。

自分以外の神官は、アルムの真価を知らないのだ。自分が一番アルムを認めているのだから、連れ戻せるとしたら自分だけだ。

ヨハネスは自分にそう言い聞かせた。

＊＊＊

結界の中は暑くも寒くもなく、常に心地よい温度に保たれている。

その結界の中で、アルムはぐっすり眠っていた。

「おい！　おい！」

「……んあ？」

心地よい眠りから引き戻されて、アルムは目を開けた。

「何寝てんだよ！　食いもんを寄越《よこ》せ！」

見れば、毎日やってくる貧民地区の住民がアルムに向かって怒鳴っていた。

アルムは目をこすりつつ首を傾げた。

（この人達、一日に何度も来るけれど、仕事とか行かないんだろうか？）

飢えているのなら仕方がないけれど、毎日十分すぎるほどの作物を持ち帰っているのに、とアルムは不思議に思った。

「おい！　早くしろ！」

怒鳴りつけられて、アルムは眉をひそめた。

毎日、何度も作物を渡すように強制されるのは、少し違うような気がした。別に、アルムには彼らに食物を与えなければならない義務があるわけではない。

彼らが困窮していて食べるものがなくて困っていたから、作物を与えたのだ。十分すぎる量を与えているのに、何故さらなる要求をされなければならないのだろう。

「あの、今朝《けさ》もたくさん持っていきましたよね？」

「うるせぇな、さっさと木を生やせよ！」

「……一応、力を使うと私も疲れるんです。そんな一日に二度も三度も、大量の作物を作ることはできません」

実際、ひっきりなしに作物を取りに来られるため、ゆったりとお茶を飲む暇《ひま》もない。

だが、アルムの言葉を聞くと、集まった住民達は口汚くアルムを罵《ののし》りだした。

「ちょっと手を動かすだけだろうが！」

「ケチケチするんじゃねぇよ！」

結界があるから彼らは入ってこられないが、もしも結界がなかったらずかずかと畑に踏み込んできそうな勢いだ。

（なんか、やだな……）

住民達の態度に、アルムは不快を感じた。

その時、やたらときらびやかな馬車が勢いよく走ってきて、結界の周りに集まっていた住民達を蹴《け》散らした。


「おお！　聖女アルム！　まことに君がこのような場所にいるとは！」


やや芝居がかった動作で颯爽《さっそう》と馬車を降りてきたのは、眩《まぶ》しいほどの美貌の王子であった。

鮮やかな金髪に映える純白の装束の緻密な刺繍《ししゅう》といい、要所要所に埋め込まれた宝石といい、夢の国の王子様が現実に抜け出てきたかのようだ。

こんな風に迎えに来られたら、若い娘ならたちまち夢心地になってしまうだろう。

（え？　誰？）

しかし、アルムは絶世の美形を前にしても目を瞬くだけだった。

第七王子も見てくれだけは掛け値なしの美少年だった。見てくれがよくても、中身が腐《くさ》れている人間がいると身に染みて知っているのである。

「かわいそうに……大神殿を追い出されたと聞いたよ。まったく、聖女を追い出すだなんて、大神殿の神官には罰を与えないといけないな。さあ、聖女アルム。私と共に帰ろう。大丈夫《だいじょうぶ》、もう二度と君にひどいことはさせない。私が守るよ」

第一王子ヴェンデルは麗しい笑顔でアルムに手を差しのべた。

それは、たいていの女性ならば真《ま》っ赤《か》になってしまうに違いないほど様になっていたが、アルムの胸には何一つ響かなかった。

否《いな》、「大神殿」「帰ろう」という二語だけ、やたらはっきり響いた。

ごうぅん……っ

「な、なんだ？」

突如、大地が激しく揺れ、ヴェンデルは驚愕《きょうがく》の声をあげた。

地面から生えてきた巨大な木の根が、ヴェンデルの体を包み込んだのだ。

「くっ……なんなんだ、これはっ⁉」

木の根に捕まったヴェンデルの体は宙に持ち上げられ、さらにしゅるしゅると木の根が巻き付いてくる。

「やっ、やめろっ！」

木の根が絡《から》み合《あ》って自らの周囲を壁のように囲んでいくのを目にして、ヴェンデルは恐怖のあまりもがいた。

だが、木の根はびくともせず、繭《まゆ》のような形になってヴェンデルを包み込んでしまった。

「ひぃ……だ、出せっ！　私は第一王子だぞ！」

暴《あば》れるヴェンデルの体の上に、大量の葉っぱが舞い降りてきて彼の顔以外を覆《おお》った。


「うわああっ!!」

一本の木の根が、葉っぱの上からヴェンデルの体を叩いた。

ぽふぽふ。

「ぐああああっ!!」

ぽふぽふ。

「やめろぉぉおっ!!」

ぽふぽふ。と、木の根は一定のリズムでヴェンデルの胸元《むなもと》を叩き続ける。

「はあはあ……？」

暴れ疲れたヴェンデルはふと気づいた。

先ほどから、木の根はヴェンデルの動きを封じるだけで傷つけようとはしない。

いや、むしろ──


「あたたかい……？」


木の幹のベッドと葉っぱのお布団《ふとん》に包まれて、さらに寝かしつけるように一定のリズムでとんとんと優しく胸を叩かれる。

頑丈《がんじょう》な木に包み込まれた、不思議な安心感。


ヴェンデルには母から抱きしめられた記憶がない。

王の第二妃となった母は国で一番の美女だった。その美貌故《ゆえ》に王に強引《ごういん》に召し上げられたため王を愛しておらず、王の子にも愛情を見せることがなかった。

ヴェンデルは物心ついた頃からほんの数回しか顔を合わせたことのない母を恨《うら》んでいた。母を不幸にした父も憎んでいた。

だからだろうか。

母譲りの美貌に惹《ひ》かれて寄ってくる女達を、父を憎むように憎んだ。

自らの美しさを鼻にかける女達を、母と重ねて恨んだ。

その女達を上辺《うわべ》だけの笑顔で夢中にさせて遊んで捨てるのがヴェンデルの復讐《ふくしゅう》だった。

たいして美しくもない、家柄がいいだけの頭でっかちな婚約者はヴェンデルの放蕩《ほうとう》ぶりに呆れて口うるさく叱ってくるが、何を言われようともヴェンデルの心には響くことがなかった。


だが、今こうして木のぬくもりに包まれていると、頭がぼんやりして、何か懐かしい記憶が蘇《よみがえ》ってきそうになる。

そう、あれは確か、ヴェンデルがまだ母の愛を期待していた幼い日。

熱を出して、心細くて母に会いたいと泣きじゃくるヴェンデルを寝かしつけて、ずっとそばについていてくれた乳母《うば》が布団の上から胸をとんとんと叩いてくれていた。

その時と同じ、優しい感覚。

(ああ。そうだったんだ……)

不意に、ヴェンデルは気がついた。

恨みと憎しみで濁《にご》ってしまう前の、ヴェンデルの本当の望みとは。

(私はただ、誰かにそばにいてほしかった。それだけだったんだ……)

ヴェンデルは濁った心が洗われたような、安らかな気持ちで目を閉じた。


その日、聖シャステル王国の王宮では、どこからともなく伸びてきた巨大な木の根が襲ってきたと大騒ぎになった。

だが、木の根は誰も傷つけることなく、木の揺りかごで穏やかに眠る第一王子をそっと地面におろすと、しゅるしゅると元来た方向へ戻っていったのだった。

＊＊＊

巨大な木の根に驚いて逃げたのか、集まっていた群衆は一人残らずいなくなっていた。

第一王子を王宮へ送り届けた後で、アルムはベンチの上でごろんとひっくり返った。

空を見上げて、眉をしかめる。

「……ふう」

最近、貧民地区の住民はひっきりなしに食料を求めてくる。おかげでアルムはずっと魔力を使いっぱなしだ。

それに、彼らの要求がエスカレートしてきたことが気がかりだった。

別に泣いて感謝しろとは言わないが、当然と言わんばかりの態度で作物を持ち去り、あまつさえ「もっと寄越せ」「早くしろ」とアルムを責め立ててくるのは違うのではないか。だって、アルムには別に彼らに作物を渡す義務はないのだ。

「どうしようかな……」

今になって、アルムはワイオネルが危惧《きぐ》していたことがわかる気がした。

アルムが考えなしに軽い気持ちで食料を渡したがために、貧民地区の住民達は働きもせず努力もせずに日々の糧を得る楽さにどっぷり浸《つ》かってしまったのだ。

　このままではいけない。

　アルムは寝転がったまま考えた。


　翌日、やってきた貧民地区の住民達を、アルムはベンチに座ったまま出迎えた。

「なんだ。何もないじゃないか」

「早く食べ物を寄越せよ」

　住民達は口々にアルムを責め立てる。

　だが、アルムは表情を変えずに静かに口を開いた。

「皆さん、私はもう無償で食べ物を配るのをやめにします」

　アルムが言うと、住民達が顔色を変えた。

「何言ってやがるっ！」

「落ち着いてください。無償で配るのをやめるだけです。今後は市場価格の半額で作物を売ります」

　貧民地区の住民であっても、一日まじめに働けばいくつかの野菜を買えるはずだ。

「そして、作物を売るのは午前七時からの一時間と、午後五時からの一時間に決めました。それ以外の時間には対応しません」

アルムがそう告げると、案の定不満の声があがった。と、同時に、地面からズボォッと生えてきた植物の蔓《つる》が、絡み合って住民達の前に壁を作った。

ぽぽぽぽんっ！　と小さな花が咲いて、壁に花文字が飾られた。


『本日定休日』


「あ、月曜と木曜はお休みします」

アルムは壁に向かって言ってからベンチに寝転がった。

住民達の騒ぐ声が聞こえてくるが、アルムは気にしないことにした。もう聖女ではないのだから、恨まれようと嫌われようと誰にも迷惑をかけないだろう。

朝の七時に安い値で作物を買い、それを正規の値で売れば十分に利益《りえき》が出るはずだ。そして、夕方五時に家族で食べるための作物を買えばいい。

そうすれば、十分に暮らしていけるだろう。

「……人間は与えられることに慣れてはいけない、か」

アルムは眉を下げて小さく呟《つぶや》いた。


「ねぇ、兄ちゃん」

畑仕事の手伝いを終えて帰ってきた兄のヒンドに、ドミが尋ねた。

「どうした？」

「あのお姉ちゃん、天使様じゃなかったのかなぁ」

ドミはがっかりしていた。貧民地区の皆もがっかりして怒っている。

最初はたくさん食べ物をくれていたのに、急にお金を払わないと駄目だと言い出した少女に、他の皆が言うようにドミも不満を口にした。

しかし、ヒンドはそんなドミをたしなめた。

「あの人は間違っていないぞ。むしろ、あの人はとても優しい人だと兄ちゃんは思うな」

「どうして？」

目を丸くするドミに、ヒンドは苦笑してこう言った。

「俺達だけが無料で美味《おい》しい野菜や果物をもらっていたら、そのことを他の地区の人達が知ったらどう思うかな。もしも、逆の立場だったらドミはどう思う？　ドミは一生懸命《いっしょうけんめい》働かないと食べ物が買えないのに、他の人は働かなくても食べ物をもらえたら」

「……ずるいって思う」

「そうだろう？　だから、俺達も無料で食べ物をもらっちゃいけないんだよ。最初は俺達がお金を持っていなくて、倒れそうなぐらいお腹《なか》がすいていたから、あの人は食べ物をくれたんだ。だけど、ずーっとあの人から食べ物をもらって生活することはできないんだよ」

ドミはまだよくわかっていないように首を傾げた。

「そのうちわかるよ。他の皆も、本当はちゃんとわかっているんだよ。自分達が悪かったって。あの人は普通の値段よりもずっと安いお金で食べ物を売ってくれるんだ。それだけで、十分すぎるほどだって」

「じゃあ、やっぱりあの人は天使様なの？」

ヒンドは笑って答えた。

「さあな。天使様ではないけど、もしかしたら聖女様かもな」

＊＊＊

聖女として大神殿に務めるキサラ・デローワン侯爵令嬢は、早朝の礼拝堂で熱心に祈りを捧げていた。

彼女と共に祈るのは、メルセデス・キャゼルヌ伯爵令嬢。そして、ミーガン・オルランド伯爵令嬢である。

三人の美しき聖女は、すがすがしい朝の光の中で心からの祈りを捧げていた。

「おいこらあっ!!」

その美しき祈りの光景に、無粋《ぶすい》な大声が乱入する。

「キサラ様……不浄な者の声が……」

「耳を貸してはなりません。我々の心を汚濁にまみれさせ、神に背《そむ》く行いをさせようと目論《もくろ》む悪《あ》しき魂が迷い込んだのです」

三人の聖女は声を無視して祈りを続ける。

「無視するなこらっ！　どういうつもりだテメェらっ！」

ずかずかと踏み込んできた悪しき魂が、祈りを捧げるキサラ達の前に立つ。窓から差し込む光が遮《さえぎ》られ、聖女達の顔に影が落ちる。

「キサラ様、悪しき魂の妨害が……」

「決して負けてはなりません。我らの前にはこれからも光を遮るおぞましき怪物が現れることでしょう。しかし、聖女たるもの、たとえ暗闇《くらやみ》に落とされたとしても、光を信じ正しき行いをなさねばなりません」

「「はい！　キサラ様！」」

「いい加減にしろっ!!　ええい！　祈るのをやめろ!!」

キサラは伏せていた目を上げて、怒鳴りつける人物を見上げた。

「ここはあなたの居るべき場所ではありません。自らにふさわしい場所へお逝《ゆ》きなさい。二人とも、迷える魂が天に召されるように祈りを！」

「「はい！　キサラ様！」」

「だからっ！　第七王子でもある神官を天に召そうとするのをやめろっ!!」

悪しき魂ことヨハネス・シャステルは聖女達の祈りを中断させると、怒《いか》りに赤く染《そ》めた顔で怒鳴った。

「お前らっ、あれはなんのつもりだっ!?」

「あれ、とは？」

「とぼけるな！」

ヨハネスは聖女達を睨《にら》みつけた。

「大神殿の入り口に張られた結界のことだ！」

「悪しき魂が大神殿の外に出ないように、わたくし達が力を合わせて張った高度結界でございます」

「この結界を張るために厳しい修行をいたしました」

「わたくしの力が及ばず、キサラ様、メルセデス様にご負担をかけてしまって……」

「何を言うの？　あなたの力が欠けていては結界は完成しなかったわ」

「そうよ！　胸を張ってちょうだい！」

「そんなことは聞いていないっ！　俺が聞きたいのは、なんで俺が大神殿から出ようとするとその高度結界が発動するのかってことだ！」

これまで、ヨハネスはアルムを取り戻しにいくのをことごとく邪魔されてきた。

犯人は聖女と聖騎士だ。身内の犯行である。

どうあっても邪魔されるならば、誰の目にもつかないうちに抜け出してしまえと、早朝に「アルム連れ戻し計画」を始動させたというのに、意気揚々《いきようよう》と大神殿から出ようとしたヨハネスを高度結界が阻《はば》んだ。


その阻み方にもちょっともの申したい。

普通、「結界に阻まれる」ってそれ以上進めない、という現象を指すものだと思うのだが、今朝ヨハネスを襲ったのはそんな生やさしいものではなかった。

「大神殿から出ようとしたら頭上から聖天使が聖なる斧《おの》を振り下ろしてくるなんて予想できるか!!」

聖天使とは神に仕える聖霊であり、神の作りし武器を振るって神の敵を打ち倒すという伝説がある。そんな存在が力を貸している。聖女の祈りが神に届いた証である。

「おお、聖天使よ。感謝します」

「ふざけんなっ!!」

今日もまた、大神殿から出られないヨハネスであった。

＊＊＊

宰相クレンドール侯は苛立《いらだ》ちを隠せなかった。

「それで、聖女アルムはいまだに貧民地区にいるというわけですな！」

「ああ。彼女はまさに聖女だよ」

ゆったりと紅茶のカップを傾《かたむ》けつつ、第一王子ヴェンデルが静かに微笑《ほほえ》んだ。

その微笑みは天の画家が筆を振るったかのごとく優美であり、大輪の花のごとく馥郁《ふくいく》たる芳香を放つよう。

美しき第一王子は、聞いた者の心を震わすような声音《こわね》で囁いた。

「聖女アルムは私に、忘れていた大切なことを思い出させてくれたのさ」

第一王子は変わった。

美しさを鼻にかけ、数多の令嬢達と浮き名を流す放蕩者《ほうとうもの》の陰は今は少しも見られない。

頭が堅く美しくもないと毛嫌《けぎら》いしていた婚約者との仲が改善したと王宮内でもっぱらの噂《うわさ》だ。

クレンドール侯は予想外の事態に歯噛《はが》みした。

顔がいいだけの無能な王子は便利に使える駒《こま》だったというのに、このままでは駒として使い物にならない。

「殿下。しかし、聖女を保護することが我らの……」

「心配いらない。大神殿からは何も言ってこないのだろう？　ならば大神殿も聖女アルムのことは把握しているのであろう。我々がしゃしゃり出ることは無用な衝突を生むだろう」

ヴェンデルは優雅な仕草でカップを下ろした。

その時、王宮の庭を彼の婚約者であるビアンカ・ロネーカ公爵令嬢が通りかかった。

それに気づいたヴェンデルが素早く立ち上がった。

そして――


「びあんくぁ～！　お仕事終わった～？」


舌ったらずな喋《しゃべ》り方で、ヴェンデルが婚約者の元へ駆けていく。

「あら、殿下ったら。宰相様とお話中ではありませんの？　いけませんわ。話の途中で席を立ったりしては」

「だってだって～！　びあんきゃが僕を置いていっちゃうと思ったからぁ～！」

「んもー、仕方のない殿下ですわねぇ。悪い子！　めっ！　ですわよ！」

「ぶー！」

「あらあら。そんなにむくれないの」

公爵令嬢は腰に抱きついてきたヴェンデルの頭をよしよしと撫《な》でた。

「もう～。先日、巨大な木の根に包まれて帰ってきたと思ったら、突然甘えん坊になってしまわれて……」

「僕は気づいたのさ！　これまでの僕は劣等感や復讐心を女達にぶつけていた。だが、僕が本当に欲しかったものは、ただの純粋な愛だけだったんだ……そう、不興を買ってでも僕を諌《いさ》め、決して見捨てなかった君の愛があれば、それで良かったんだ！」

「殿下ったら……」

公爵令嬢が頬を染める。


巨大な木の根に包まれてすやすや眠る第一王子の帰還に、つい先日の王宮は大騒ぎになったのであるが、目覚めた王子はさっぱりと憑《つ》き物《もの》が落ちたような顔をしており、心配して訪ねてきた婚約者を温かく出迎えこれまでの仕打ちを詫《わ》びた。

いぶかしむ周囲をよそに、ヴェンデルはこれまで侍《はべ》らせていた女達にも謝罪をして縁を切り、婚約者一筋になってしまったのである。

それはいいのだが、

「びあんきゃあ～♡」

「きゃっ。殿下ったらいけませんわ、こんなところで。宰相様が見てる！」

「じゃあ、向こうで二人きりで膝枕《ひざまくら》してほちぃな～」

「もぉ～困ったさんなんだからぁ」


第一王子と公爵令嬢はいちゃいちゃしながら去っていった。

それを見送ったクレンドールは青筋《あおすじ》を立てて歯噛みした。


「おのれ……聖女アルムめ！　色香に迷わぬばかりか、第一王子をオギャらせるとは！」


どんな手を使ったか知らないが、思った以上に手強《てごわ》い相手のようだ。

「このままではすまさんっ！　すまさんぞぉぉっ！」

便利に使える駒を一つ駄目にされて、クレンドールの胸に復讐心が湧《わ》き起こったのだった。

＊＊＊

約束通り、アルムは朝と夕方に作物を売り出した。

最初は文句《もんく》や罵声を浴びせられることもあったが、そういう人は木の根に包んで強制的にお帰り願うようにしていたところ、段々と不平を漏《も》らす人は減っていった。

「まだ反発する人も多いけど、根気よくやっていこうかな」

正直言って面倒くさいし、結界を防音にして一切合切《いっさいがっさい》シャットアウトしたくないかと言ったら今すぐそうしたい。したくないと言ったら嘘《うそ》になる。

「あ～あ。誰とも関わらずにだらだら生活を満喫するつもりだったのに……ん？」

ぼやきながらベンチに寝転がろうとしたアルムは、公園の外からこっそりこちらを窺《うかが》っている幼い子供達をみつけて首を傾げた。

小さい方は前にも見たことがある。リンゴをあげた子だ。

小さい子がくっついている少し大きな子には見覚えがないが、おそらく貧民地区の子であろう。しかし、金色の髪に青い瞳《ひとみ》で意志の強そうな顔をしている。綺麗《きれい》に洗って立派な服を着せれば、貴族の子と見間違いそうだ。

「こんにちは、聖女様」

大きい方の子がアルムに声をかけてきた。

「こんにちは。お名前は？」

アルムもにっこり笑って尋ねた。

面倒くさいことはしたくない、できれば誰とも関わりたくない自堕落《じだらく》系ホームレスであっても、腐っても元聖女。幼い子供にまでふてくされた態度を取るわけにはいかない。

「俺はヒンド。こっちは弟のドミっていいます」

「ヒンドにドミね。私はアルム」

「アルム様、は、どうしてこんなところにいるのですか?」

ヒンドに尋ねられ、アルムはへにゃりと眉を下げた。

大神殿に勤めていたが神官のパワハラに耐えかねて辞職してホームレスになった、と正直に答えていいものだろうか。

幼い子供達に大人のギスギスした世界を垣間《かきま》見せることはないだろう。

「ここ以外に、行くところがないからです」

アルムはそう答えて微笑んだ。

だが、ヒンドは納得できないように眉をひそめた。

「あんなにすごい能力を持っているのに、行くところがないだなんて嘘です」

アルムはおや? と思った。

幼いと思ったけれど、それは痩《や》せていて栄養が足りていないせいかもしれない。実際の年齢は十を一つか二つ超えたぐらいだろう。

「あなたは何歳?」

「十二。弟は十歳です」

「親はいるの?」

「気づいたら弟と二人で貧民地区にいたから。たぶん、捨て子だろうって」

アルムは口をつぐんだ。捨て子、という言葉に胸がぎゅっと痛んだ。

(……もしも、あの時)

アルムはひとりぼっちで膝《ひざ》を抱えていた昔の自分を思い出して、あのままずっと誰も来なかったらどうなっていただろうと考えた。


「あの……弟にリンゴをくれてありがとうございます。ほら」

ヒンドが自分にくっつく弟を促《うなが》した。

ドミは兄の後ろからおずおずと顔を出して、アルムに向かって一輪の野花を差し出した。

「これ、お礼です!」

アルムは目をぱちくりさせた。

ベンチに座るアルムと結界の外にいる兄弟とは距離がある。花を受け取るためには、結界を解いて二人を中に入れるか、アルムが二人のそばまで近づくしかない。

やろうと思えば花だけ浮かせて引き寄せられるが、さすがにそれは失礼だろうと思い直し、アルムはベンチから立ち上がった。

とてとて歩いていって、結界から手を出して花を受け取る。

「……どうも、ありがとう」

礼を言うと、ドミは嬉《うれ》しそうに笑って、ヒンドと一緒に手を振りながら帰っていった。

アルムはしばらくの間立ち尽くしていたが、やがてベンチに戻ってバッグの中にそっと花を仕舞った。

＊＊＊

大神殿では一つの巨大な陰謀が進行していた。

「くっくっくっ……ついにやったぞ！」


大神殿の門の外、穴の中から顔を出したヨハネスは夜空を見上げて笑った。

正門には聖女達による高度結界が張られ、他の脱出口もすべて聖騎士に見張られている。そんな圧倒的に不利な状況であっても、ヨハネスは諦めなかった。

聖女と聖騎士の目を盗み、こつこつとトンネルを掘り進み、ついに今夜、牢獄《ろうごく》からの脱出を果たしたのである。

「はーはっはっはっ！　待っていろアルム！　今行くぞ！」

穴から抜け出したヨハネスは、意気揚々と足を踏み出した。

が、その瞬間、闇《やみ》を切り裂いて銀色の光がほとばしった。

「っ⁉」

ヨハネスはかろうじてそれを避《よ》けた。

土に深々と突き刺さったのは、細い円錐《えんすい》形の剣だった。

「これは——暗器⁉」

王族の一員として身を守るための知識を身につける際に、ヨハネスはその形状の武器について学んだことがあった。主に暗殺者が使う武器である。

「ほう……避けたか……」

闇の中に、ぼうっと黒い影が浮かび上がる。

黒装束に身を包んだ細身の男——その全身からは何の気配もせず匂《にお》いもしない。

一目でわかる。闇の世界の住人だ。


「貴様っ……何者だ！　何故、俺を狙《ねら》う？」

「我は貴様が大神殿の外に出た場合に、『二度と外に出ようと思わない程度に痛めつけてやれ』との依頼を受けたのみ……依頼主の名は明かせぬ」

「明かさなくてもわかるわ！　どうせうちのクソ聖女どもだろうが‼　聖女がっ、闇の暗殺者をっ、雇うんじゃゃねぇっ‼」


ヨハネスは大神殿を見上げて怒鳴った。

「覚悟っ！」

「くっそ！　やりたい放題が過ぎるぞ、あの聖女ども‼」

ヨハネスは怒りながらも暗殺者から逃げた。

大神殿の中には敵しかいない。ならばどこへ逃げるか、一瞬考えた末にヨハネスはある場所を目指した。


大神殿の近くに、ヨハネスが子供の頃からよく知っている信頼のおける人物が住んでいる。

真夜中ではあるが、ヨハネスの知る彼ならばまだ起きている可能性が高い。

暗殺者の攻撃を紙一重《かみひとえ》でかわしながら、ヨハネスは走った。

やがて辿《たど》り着いた小さな家の窓から明かりがこぼれているのを目にして、扉を叩く。


「叔父上《おじうえ》！　助けてくれ！」

中から現れた壮年の男性――現国王の弟である王弟サミュエルが目を丸くした。

＊＊＊

よく晴れた朝。

アルムは貧民地区の住民にせっせと野菜を売っていた。

最初は反発した住民達も、何日か過ぎて興奮が収まると大人しく野菜を購入するようになったのだ。

販売が一段落して、アルムが肩を揉《も》みながらベンチにひっくり返った時だった。

ガラガラと大きな音を立てて、二頭立ての馬車が走ってきて公園の前で停《と》まった。


「アルム！」

「無事でよかったわ！」

「魔の手が及ぶ前に会えてよかった！」


馬車から降りてきたのは、貧民地区にふさわしからぬ三人の美しく穢《けが》れなき聖女達だった。

「キサラ様、メルセデス様、ミーガン様！」

元同僚の登場に、アルムは目を丸くした。


「何故、ここに？」

「ちょっと大神殿から害虫が逃げ出してしまって」

「アルムが狙われるかもしれないと思って」

「あの害虫……いったいどこへ行ったのかしら？」

貧民地区の住民達は、突然現れた美しき聖女達にあんぐりと口を開けていた。

「そんなに大変な害虫なのですか？」

三人の聖女達の深刻な様子に、アルムも思わず尋ねていた。

彼女らは聖女ではあるが、それ以前に高位貴族の令嬢達である。

それが、こんな貧民地区の近くにまで足を踏み入れるほどの事態なのかと、アルムはベンチに座り直した。

「いったいどんな害虫が……」

「とってもおぞましい害虫ですわ！」

「ええ！　おまけにしぶとくて！」

「今日こそはトドメをさしてやりますわ！」

聖女達はひとしきり害虫を罵った後で、アルムの結界の周りに集まった。

「それよりもアルム。あなたはこんなところで過ごしていたの？」

「まさか屋根もないとは……」

「誰がお世話していますの？」

口々に尋ねられ、アルムは首を傾げた。害虫を探さなくていいのだろうか。

「心配ご無用です。自分のことは自分でできます」

「まあ……」

アルムの返事に、三人の聖女は美しい顔を悲痛に曇らせた。

彼女達の脳内では、行き場所のないアルムが寂《さび》れた公園のベンチでひとりぼっちで夜風に凍えている光景が、まるで見てきたかのようにくっきりと思い浮かんだ。

実際には快適結界生活で高いびきをかいているわけだが、彼女達の中ではアルムはか弱い被害者なのだ。

「ダンリーク男爵家に戻るつもりはないんですのね？　それなら、我が家でアルムを保護しますわ」

キサラがそう言うと、メルセデスとミーガンも賛同する。

「いえ、そんな」

アルムが慌てて断ろうとした。

その時だった。

「見つけたぞ！　アルム！」

害虫の声が響き渡った。

＊＊＊

一晩、叔父の家で匿《かくま》ってもらった害虫ことヨハネスは、日が昇《のぼ》り闇の世界の住人が姿を消したことを確認してから家を出た。

そうしてようやくのことで辿り着いたこの場所で、ついに探し求めていた少女と再会を果たしたのだ。

つややかな銀髪に、ぱっちり見開かれた紫《むらさき》の瞳。

アルム・ダンリークがそこにいた。

ようやく見つけた。そう思い、彼女に近寄ろうと足を踏み出した時だった。

ギィイイインッ

「何っ⁉」


アルムの姿が見えなくなった。

アルムが常に自分の周囲に張っている球形の結界を不透明にしたのだ。周りで見ている者には、突然黒い大きな球が出現したように見えた。

さらに、

ギャンッ

と、不穏な音と共に、黒い球から鋭い棘《とげ》が放射状に突き出てきた。

「これは……アルムの防衛本能！　害虫を目にした瞬間に有害な情報をシャットアウトしたんだわ！」

キサラが叫《さけ》ぶ。

「では、このトゲトゲも害虫に対する『近寄るな！』というメッセージですのね」

メルセデスも頷く。

「かわいそうに……この世に害虫が存在するせいで、何も悪くないアルムがこんな風に閉じこもらなければならないだなんて」

ミーガンが涙する。


「おいコラ！　何をいい加減なことを言ってやがる！」

害虫はキサラ達を押し退《の》けて、黒い球体に向かって怒鳴った。

「アルム！　出てこいコラッ！」


その様子に、三人の聖女のみならず、馬車を走らせてきた聖騎士も眉をひそめてこそこそ囁き合う。

「見て、あの野蛮《やばん》なこと」

「品性を疑いますわ」

「所詮《しょせん》は害虫ということですわ」

「あれだけ明確に拒否られてるのに、まだ怒鳴るって……」

一連のやりとりを見ていた貧民地区の住民達は、最初は何が起きているのかわからなかったが、ヨハネスの態度と聖女達の台詞《せりふ》を聞いているうちにだんだん事情がわかってきた。

「え？　つまり、聖女様はいじめられていたってことか？」

「神官が聖女をいびって大神殿から追い出した？」

「それであの子はこんなベンチにいるのか」

「自分で追い出したくせに、今さら何しに来たんだ？」

聖女達が聞こえよがしにヨハネスの罪状を上げ連ねるので、徐々《じょじょ》に真相が広まっていき、それが住民達の怒りに火をつける。

その場にいる全員から冷ややかな目で見られていることに気づき、ヨハネスはうろたえた。

「な、なんだ貴様ら……」

四方八方から二週間放置された生ゴミを見るような目で視線を注《そそ》がれ、ヨハネスは弱々しく睨み返す。


「あのトゲトゲを見たら拒否られてるってわかるよな？　ｗｗ」

「どんだけ嫌われてんのｗｗｗ」

「あんなウニみたいになるほど嫌がられてるってｗｗｗｗ」

「俺だったら心折れるわーｗｗｗｗｗ」

侮蔑《ぶべつ》と嘲笑《ちょうしょう》がヨハネスに注がれる。

抜け出したはずの大神殿の空気に似ている。

（何故だ⁉　何故、俺がここまで「踏んだら靴底が汚れるから踏みたくないけど目障《めざわ》りな害虫」を見るような目で見られねばならんのだ⁉）

ここ最近、そうした視線しか注がれていないため、ヨハネスの視線に込められた意味を読みとる能力は順調に高まっていた。

一方、ウニの内部では。

「ううう……なんでヨハネス・シャステルがここに……」

アルムが頭を抱えて縮こまっていた。

何の用か知らないが、アルムの快適自堕落生活に介入してこないでほしい。

「退職届は出したし、もう何の用もないはず……さっさと帰ってよぉ」

アルムはぶつぶつと祈りの言葉を口ずさんだ。

「皆さん！　この男が一人の少女をこんなになるまで追いつめた極悪人ですわ！」

「ひどいわ！」

七王子
ハネス・シャステル
聖女
キサラ・デローワン

「その上、まだつきまとってんのか！」

「ふてぇ野郎だ！」

キサラのよく通る美しい声が響き、集まってきた群衆が諸悪の根源に石を投げる。

「痛っ！　テメェら！　王子にこんなことしていいと思ってんのか⁉」

「ほほほほほ！　世論の力を思い知りなさい！」

群衆を扇動している侯爵令嬢は手を緩める気配がない。さしものヨハネスも、いったんはこの場を引かなければならないと諦めた。


「くっ……！　俺はっ、アルムを連れ戻すまでは何度でも戻ってくるぞぉぉっ‼」


醜い執着心をさらけ出しながら、ヨハネスはその場から逃げ出した。

「やりましたわ！」

「追っ払ったぞ！」

聖女達と貧民地区の住民達の心が一つになった。

聖女アルムの存在が、彼らの間の壁を取り払ったのである。

身分差の大きい聖シャステル王国において、高位貴族と最底辺の貧民が協力した、歴史的にも重要な出来事であった。

＊＊＊

その頃、王宮では宰相クレンドール侯が苦々《にがにが》しい思いで書類を睨んでいた。

第一王子をけしかけて失敗した聖女アルムの懐柔を、彼はまだ諦めていない。

そこで、アルムの実家であるダンリーク男爵家に話を持ちかけてみたのだが。

「聖女となった時点で当家の娘ではなく神の嫁であると認識している……だと？　そういえば、ダンリーク家は聖女を出しておきながら、それを利用してのし上がろうとはしなかったな」

聖女を世に送り出したというだけで家の格は上がり、付き合いたいという家も増えるだろうに。上手《うま》く利用すれば陞爵《しょうしゃく》も可能だ。

（アルムと侯爵家との縁談を匂わせてみたというのに、食いつきもしなかった……聖女を利用するつもりがないのか）


「びあんきゃは僕のどこがしゅき〜？」

「もぉ〜、殿下ったら。こんなところでそんなこと訊《き》かないでくださいまし！」

「教えてくれるまで離さないじょ〜」

「きゃっ。いやん」

「ええい！　イチャつくなバカップルども‼」

目障りな二人を一喝《いっかつ》して、クレンドール侯は拳を握りしめた。

「こうなったら、力づくで聖女アルムを連れてこさせよう！　第一王子ほど操《あやつ》りやすくはないが、第二王子を丸め込んでやろう」

アルムに新たなる脅威が迫ろうとしていた。

＊＊＊

寂れた公園を石もて追われ、這々《ほうほう》の体《てい》で逃げ帰ったヨハネスを見て、サミュエルは目を丸くした。

「いったい何が……」

「聖女に扇動された民衆にやられました……」

「な、何故、聖女がそんなことを？」

事情を知らないサミュエルは、大神殿で何が起こっているのか心配になった。昨夜は暗殺者に追われているとか言っていたし、第七王子が狙われなければならない事態でも起きているのだろうか。

「……と、こういうわけでして」

ヨハネスはこれまでの流れをかいつまんで説明した。

このところ誰もヨハネスの言い分を聞いてくれないので、サミュエルが黙って最後まで聞いてくれたことで肩の力が抜けた。

「アルムには誰もかなわない力があるんです！　それなのに……」

ぶつぶつと愚痴《ぐち》るヨハネスに、サミュエルは困ったように首を傾げた。

「お前がそう思っているならそれだけで良かったじゃないか。何故、他の者にまで思い知らせようとしたんだい」

「それは……ですから、アルムが正当に評価されていなかったからで」

「評価されることを、聖女アルムは望んでいたのかな？」

ヨハネスは口をつぐんだ。

「聖女アルムは類稀《たぐいまれ》なる能力を持っていた。それはいい。ヨハネスが彼女の能力を知らしめたいと思ったのも悪いことではない。だが、能力を持っているからといって、すべてのことを能力を持つ者に押しつけていいわけではないだろう？」

「確かにそうですが……」

「お前はすごい能力を持つ聖女をみつけて、その存在を無意識に自分のものだと思い込んでしまったんじゃないか？」

「……」

サミュエルに言われると、内容に反発する気にならない。

大神殿で聖女達や聖騎士達に罵倒《ばとう》されている時とは違い、ヨハネスは冷静なまま己のこれまでのアルムへの態度を振り返った。

他の聖女達がするべきこともすべてアルムにやらせ、どんな結果を出しても満足せずにもっと上を望んだ。

それは、アルムのためだと思っていたのだが。


ヨハネスの姿を目にした途端、ウニのように閉じこもってしまった彼女を思い出して、ヨハネスは眉を曇らせた。

ウニになるほど、嫌われていた。

そう悟った瞬間、ヨハネスの背中に冷たい汗が流れた。

アルムは本気で大神殿に戻るつもりがないのではないかと気づいたのだ。

アルムが戻ってこない。もう、ヨハネスと顔を合わせることもなくなる。


「そんな……」

ヨハネスが呻《うめ》くのを、サミュエルは静かに見守っていた。

＊＊＊

いつの間にか結界の外に人の気配がなくなっていた。

アルムは結界を透明に戻すと、ほっと溜め息を吐いた。

もう二度と見なくてもいいと思っていた顔を見て動揺してしまった。

「何の用だったんだろう……いやいや、もう関係ないのだから！　気にしない気にしない！」

アルムはぷるぷる首を振って不快な記憶を振り払った。

「疲れちゃった。今日はもう寝ようかな……」

「あ、アルム様」

精神的な疲労《ひろう》でぐったりしていると、公園の前をヒンドが通りかかった。

「こんばんは。皆、心配してましたよ。明日もウニのままだったらどうしようって」

「えへへ……」

アルムは照れ笑いを浮かべた。

とっさに防御してしまったのを皆に目撃されて、少し恥《は》ずかしい。

「アルム様。あの人達はアルム様を迎えにきたみたいでした」

ヒンドが少し首を傾げて言った。

大神殿に連れ戻そうとしていたのはヨハネスだけだったが、キサラ達もここにアルムを置いておくのはどうかと眉をひそめていた。何せ、屋根もなければ壁もないのだ。いくら結界を張れると言っても、いたいけな少女の生活環境としては受け入れがたい。

ヒンドはまっすぐにアルムを見て尋ねてきた。

「アルム様には、迎えにきてくれる人がたくさんいるみたいでした。どうして帰らないんですか？」

「……え」

アルムは目をぱちぱちさせた。

「アルム様は、本物の聖女様なんでしょ？　こんなところにいるべきじゃないと思う。さっきアルム様のところに集まってきていたキラキラした人達も、アルム様がここにいるべきじゃないって思っていたに決まってる」

アルムは彼らに求められている。見捨てられた貧民達とは違う。捨てられた自分達とも違う、とヒンドは思った。

「帰った方がいいと思います。帰れる場所があるんだから」

それだけ言うと、ヒンドはくるりと向きを変えて貧民地区の方へ帰っていった。

取り残されたアルムは、呆然《ぼうぜん》としてその後ろ姿を見送った。

＊＊＊

「今夜は帰りたくない……」

ヨハネスの正直な気持ちである。

何故って、大神殿に入ったらまた出るのに苦労する。

一度入ったら出られない大神殿ってなんだそれ。


「今日も泊まっていくかい？」

「叔父上……俺は結局、アルムに自分の欲望を押しつけていただけだったんでしょうか……」

大神殿から離れたせいか、巨大なウニを見たせいか、ヨハネスは弱気になっていた。頭からウニが離れない。

「ヨハネス。お前は聖女アルムに大きな期待をしたんだろう。それはお前の自由だ。期待をするのは悪いことではない」

サミュエルは静かに言った。

「だけど、聖女アルムには、お前の期待に応《こた》えなければならない義務はない」

「それは……っ」

ヨハネスは言葉を失ってうつむいた。


その通りだ。ヨハネスが一方的に期待したのだ。

勝手に期待されたアルムには、ヨハネスの期待に応えるために頑張《がんば》る義務などなかったのに。

「これまでのことを悔《く》やむなら、真摯《しんし》に詫びればいいだろう。大丈夫。お前に酷使されても一生懸命に頑張っていた立派な聖女なら、お前の本当の心を理解してくれるだろう」

サミュエルはそう言うと、ふと寂しそうに微笑んだ。

「聖女は、とても優しい。エリシアも、いつも他人のことばかり考えていた……」

ヨハネスは息を飲んだ。

王弟サミュエルの妻は、伯爵家の令嬢でもある聖女エリシアだった。

彼女は十年前、火事に巻き込まれて亡くなっている。幼い息子達と共に。

妻と息子達が亡くなった時、サミュエルは病《やまい》の床に就いていた。

やっと起き上がれるようになった頃に妻と息子達の訃報《ふほう》を聞かされて、サミュエルは一時ひどく荒れ狂ったという。

サミュエルとエリシアは結婚した後も民のために忙しく働いていて、結婚から数年経ってからようやくできた子供だった。そのため、まだ二歳の長男と一歳にもならない次男をサミュエルはエリシアと共に目に入れても痛くないくらい可愛がっていたというから、嘆《なげ》きが深いのも当然のことだったろう。

ヨハネスもその当時はまだ幼い子供だったため後宮で母と暮らしていたが、なんとなく自身の母親も含めた周りの者の雰囲気《ふんいき》が荒れていたことを覚えている。

その後、サミュエルは王宮を出た。妻と息子達を思い出して辛《つら》いという理由で。

それからずっとここに独りで住み、王弟という身分でありながら世捨て人のような暮らしをしている。


現国王の子供のうち、王妃が産んだのは第五王子ひとりのみ。他六名の王子は母親の身分が伯爵家以下であるため、公爵家出身の王太后《おうたいごう》の子であるサミュエルより王位継承順位が低い。

つまり、第五王子ワイオネルに次ぐ王位継承順位第二位がサミュエルなのだ。

そのため、今でもサミュエルを担《かつ》いで王位を狙う派閥も存在している。

そのせいだろうか。サミュエルが王宮へ近寄ろうとしないのは。

叔父の孤独と陰謀にまみれた貴族社会を思い、ヨハネスは暗澹《あんたん》たる気持ちになった。

# 第四章

# 慈《じ》悲《ひ》と遠慮と容《よう》赦《しゃ》はいらない

「ふふふ。大神殿の中の空気が澄んでいるわね」

お茶のカップを傾《かたむ》けながら、キサラがゆったりと微笑《ほほえ》む。

「ええ。害虫がいませんものね」

「平和ですわ」

メルセデスとミーガンも満足そうだ。

「しかし、あの害虫、こちらに戻ってこないところをみると、またアルムに迷惑をかけているのでは？」

「やはり害虫は駆除するべきでは？」

「そうね。そろそろ本腰を入れて取りかからねばならないかもしれないわ」

「叩《たた》き潰《つぶ》すべきですわね」

「いえ、やはり殺虫剤がよろしいかと」

「死体が残るのは嫌ですわ。焼却《しょうきゃく》処分がよくなくて？」

「よくなくねぇわっ!!　聖女が茶を飲みながら王子暗殺を企てるなっ!!」

美しき聖女達の清らかな茶会に、忌《い》まわしき害虫が乱入した。

「何に本腰を入れるつもりだっ⁉　暗殺者を雇うだけじゃ飽きたらず、自らの手を汚すつもりかっ‼」

このままだと殺虫剤と称して毒を盛られたり、焼却処分と言い出した聖女に炎魔法で襲われかねない。

ヨハネスは聖女達の前に立って、できるだけ冷静に口を開いた。

「その……俺《おれ》のアルムに対する態度が良くなかったことは認める」

さしものヨハネスも、民衆に石を投げられたことで己《おのれ》の行いが非道なものであると認めることができた。

今にして思えば、アルムという存在をみつけたことで舞い上がってしまっていたのだと思う。

彼女が大聖女となり、自分がその隣に寄り添《そ》う姿を夢想して、アルムの優秀さを知るほどに理想は際限なく高く強くなっていった。

アルムが離れていったことで、ヨハネスは初めて自分の気持ちと向き合った。

自分がアルムに抱いていたものは、途方もなく大きな期待と——独占欲。

自分がみつけた、自分だけの聖女だという想《おも》いが、確かにあった。

（そうか。きっと俺は、聖女としてだけではなく、アルムに惹《ひ》かれていたんだ……）

「はっ！」

「うおっ⁉」

アルムを想いしみじみしていたヨハネスは、突如キサラが撃ってきた光の攻撃魔法をすんでのところでかわした。

「何すんだっ⁉」

「今、確かによこしまな波動を感じましたわ……」

邪悪を討ち滅ぼす聖女の本能が、目には見えぬヨハネスのよこしまな心を見抜いたのであった。

「なんでアルムのことを考えただけで攻撃されなきゃならねぇんだ⁉」

好きな女の子のことを考えると聖女に攻撃されるという、なかなかに困難な青春がそこにあった。

概《おおむ》ね自業自得《じごうじとく》である。

＊＊＊

いつものようにベンチに寝転がって、アルムはヒンドに言われたことを考えていた。

アルムには帰る場所がある、とヒンドは言った。

（帰る場所なんてないよ。大神殿には帰れないし、私には家なんかないし……）

アルムは一応ダンリーク男爵家の家名を名乗っているが、聖女となって以降はダンリーク男爵家とは一切関《いっさいかか》わっていない。

男爵家から聖女を出したという栄誉にも、それで得られるはずの利益《りえき》にも、ダンリーク家は手を出してこない。

思えば、ダンリーク家の者は庶子《しょし》のアルムに対して事務的な態度で最低限にしか関わってこなかったが、令嬢として必要な物は与えてくれたし教育も受けさせてくれた。

良くも悪くも、ダンリーク家はきわめてまっとうな貴族であるといえよう。

まともな貴族ではあるが、アルムの家族ではない。

「ここにいればいいいんだ、私は……」

アルムは空を見上げて呟《つぶや》いた。

その時、けたたましい音を立てて大きな馬車が近づいてきた。

「？」

思わず顔を上げたアルムの前で、停《と》まった馬車から筋骨隆々《きんこつりゅうりゅう》な大男が現れた。

「わはははっ！　ここが聖女のいる公園か！」

地を震わすようなバリトンボイスが響いて、アルムはちょっとびりびりした。

「俺はガードナー・シャステル！　第二王子だ！」

大男はひじを曲げて力こぶを作った。銀糸の縫い取りのあるきらびやかな礼服がはちきれんばかりだ。ムチムチである。ムキムキである。

「聖女よ！　第一王子を倒したそうだな！　だが、俺は決して倒れん！　お前を城へ連れ帰ってくれよう！　ふんっ！」

第二王子は何故《なぜ》か筋肉を見せつけるポーズを取った。

アルムはぽかん、とした。

第二王子ガードナーは筋肉の塊《かたまり》だった。自らの肉体を鍛えることにしか興味がない、脳筋の中の脳筋だった。

アルムがぽかん、としたまま反応を返さないのには理由がある。

第二王子の筋肉だ。

第二王子はマッチョである。膨《ふく》れ上がった筋肉に日に焼けて黒光りする肌。岩のように大きくてごつい大男。

アルムは幼少期を男爵家で過ごした。身の回りの世話をする侍女を付けてもらい、ほとんどその侍女としか会話をしたことがない。異母兄の姿は時々みかけたが、ごく普通の貴族らしい若者だった。

第二王子
ガードナー・シャステル

男爵家を出た後は、大神殿にて聖女や神官と共に過ごした。ヨハネス以外の神官とはあまり関わらなかったが、声を荒らげるような人物はいなかったように思う。
大神殿には聖騎士もいたが、彼らは常に視界の隅にひっそり控えていて、静かで穏やかだった。

つまり、アルムはモリモリの筋肉を見せつけてくるタイプの自己主張の激しいマッチョ男に耐性がなかったのだ。
故《ゆえ》に、どんな反応を返せばいいかわからずにぽかーんとしていたのである。

第二王子がマッチョだった件。にアルムが対応できずにいる間に、貧民《ひんみん》地区の住民達がいつものように廃公園へやってきた。
彼らは立派な馬車が停まっているのを見て、また誰《だれ》かアルムの知り合いが来ているのかと思った。
だが、そんな彼らの目に映ったのは、ベンチに座ったままぽかん、と口を開けている聖女アルムと、彼女に筋肉を見せつけるようにポージングするマッチョな大男だった。

どういう状況？

貧民地区の住民達の頭に疑問符が浮かんだ。

「ふはははっ！　どうした聖女よ！　この肉体美に声もないか！」

アルムはぱちりと目を瞬《またた》いた。声もないのは確かだ。

「ふはははっ！　そうかそうか！　この筋肉に魅入られて身動きがとれんのだな！　これぞ筋肉の力よ！　思い知ったか!!」

ヒートアップする第二王子ガードナーは、筋肉を見せつけつつ、じりじりベンチに迫った。

端《はた》から見ると、筋骨隆々なマッチョ男が、ベンチに腰掛けてぼんやりしている少女に迫っていく図である。


なんかやべぇ。


そう思った貧民地区の住民達が、思わず廃公園に駆け寄った。

第二王子が駆け寄ってくる人々に気づいて、そちらへ注意を向けた。

「――むうっ⁉」

その目が、驚愕《きょうがく》に見開かれた。

彼の目に入ったのは、貧民地区の住民達の――痩《や》せた体。

ガードナーは第二王子である。

生まれた時から王宮で暮らし、何不自由ない暮らしを送ってきた。食うに困ることなど、想像すらしたことがなかった。

故に、ガードナーは見たことがなかったのだ。貧民と呼ばれる人々を。

貧民地区の住民達を初めて目にしたガードナーは、あまりのことに声を失った。

彼はこれまで見たことがなかった。肉の付いていない、骨と皮の体を。あばらの浮いた体を。筋肉も、筋肉となるための脂肪も付いていない肉体を！

「な……なんということだあぁぁぁぁっ!!」

ガードナーは吠《ほ》えた。空気がびりびりと震えた。

「脂肪すらないのでは、どんなに鍛えても筋肉にはならんではないかっ!! 何故、貴様らはそんなにも痩せているのだ!?」

何言ってんだこいつ。

貧民地区の住民達は眉《まゆ》をひそめた。

「お貴族様みてぇにたらふく食えるわけじゃねぇんだよ」

「それでも、最近は聖女様のおかげで随分マシだけど」

「毎日食うもんがあるだけでありがたいよな」

口々に言う住民達の言葉に、ガードナーは衝撃を受けた。

まさかこの世に、筋肉の無い世界で生きる者達がいるだなんて。

「……くっ！　こうしてはおれんっ!!　この国に筋肉の素晴らしさをあまねく広めるのが俺の役目っ!!」

ガードナーは己の使命を悟った。

「待っていろ！　俺は必ずっ！　この国に筋肉を広めてみせるぞぉぉぉっ!!」

よくわからない雄叫《おたけ》びを残して、第二王子ガードナー・シャステルは嵐《あらし》のように去っていった。

後に残されたアルムは、ぽかんとしたまま去っていく馬車を見送った。

＊＊＊

ヨハネス・シャステルは執務室に呼び出した三人の聖女の前で静かに立ち上がった。

「お前達に、聞きたいことがある」

三人の聖女は眉をひそめた。ここのところ狩る者と狩られる者の関係が定着していた聖女達とヨハネスであるが、元は貴族令嬢と王子である。王子から真剣に命令されれば、彼女達が聞かないわけにはいかなかった。

三人の聖女を見据えて、ヨハネスは尋ねた。


「その……アルムはどれくらい俺のことを嫌っているだろうか？」


言いづらそうにこぼされた言葉に、聖女達は美しい顔を歪《ゆが》ませた。

「何か言ってますわよ、このウニ男」

「ウニ男の分際で」

「よしなさい、あなた達。ウニに対して失礼よ」

「申し訳ありません、キサラ様！」

「ウニに対する配慮が欠けておりました！」

「わかればいいのよ」

なんと言ってもウニは高級食材。馬鹿《ばか》にしてはいけないのだ。

「ウニのことはいい！　アルムのことを話しているんだ！」

ヨハネスは真《ま》っ赤《か》になって怒鳴《どな》った。

聖女を代表して、キサラが一歩前に歩み出た。

「今さら『どのくらい』なんてほざいている時点で、殿下の頭は害虫畑ですわ」

「害虫畑ってなんだ⁉　普通そこはお花畑じゃねぇのか⁉」

「お花畑だなんて、おこがましい……そんなに綺麗《きれい》なものじゃありませんわ！」

仮にも王族に対して「お前の思考は汚れている」と突きつけてくるのはどうなんだと思いつつ、ヨハネスは深呼吸をして心を落ち着かせた。

「つまりだな……アルムがここへ戻ってくる可能性があるかどうかを知りたいんだよ」

ヨハネスはウニの中に閉じこもってしまったアルムを思い出して、苦虫を噛《か》み潰した表情になった。

ヨハネスの姿を見るなりウニ化してしまったアルムを説得するためには、キサラ達の協力が必要不可欠だ。まずはヨハネスの話を聞くように、彼女らに説得してもらわなければならない。

だが、キサラ達を自分に協力させることはかなり難しいだろうとヨハネスは理解している。何せ、脅しと足止め目的とはいえ暗殺者まで雇うぐらい彼女達の中でヨハネスの評価は地に落ちているのだから。

「殿下はアルムの能力がもったいなくて、そんなことをおっしゃっているんですか？」

キサラが少し首を傾げて問いかけてきた。

「いや、俺は……」

ヨハネスは言葉を濁《にご》した。

この一年間、ヨハネスはずっとアルムをそばに置いていた。誰よりも近くにいて、他に目を向けさせないようにした。

自分の他の神官とはなるべく関わらせないようにしたし、大神殿の外に出たり民衆と直接触れ合う仕事はアルムにやらせなかった。

アルムの能力を皆に知らしめたいと嘯《うそぶ》きながら、実際は自分一人で囲い込んでいた。

今にして思えば、アルム自身に対して激しい独占欲を抱いていたのだと認めざるを得ない。

「……俺は、聖女としてでなくとも、アルムにそばにいてほしい」

思えば、初めて笑顔を見た瞬間から、好意が芽生《めば》えていたのだろう。色恋なんてまったく興味がなかったから、まさか自分が一目惚《ぼ》れするだなんて思いもよらず、自分の気持ちに気づくのが遅れてしまった。

「殿下……」

キサラが胸の前でそっと手を組んだ。

「……寝言をほざかないでくださいませっ！　害虫の分際でアルムに懸想《けそう》するなど、身の程を知りなさい!!」

「身の程ってどういうことだ！　王子だぞ!!」

そう簡単に認められるとは思っていなかったが、案の定キサラをはじめとする聖女達は非難囂々《ひなんごうごう》だった。

「わたくし達の目の黒いうちはアルムに指一本触れさせませんわっ！」

「その通りです、キサラ様！　おぞましい害虫からアルムを守りましょう！」

「わたくしも、いざとなったら刺し違えてでもっ……」


ヨハネス・シャステル。十六歳。

刺し違える覚悟の聖女を倒さない限り、初恋は実らないらしい。

前途多難であるが、自業自得である。

＊＊＊

王宮の一角、宰相執務室にてクレンドール侯は憤怒《ふんぬ》の形相で書類を睨《にら》みつけていた。

本日提出されたその書類は、『国民に対する適切な食糧供給に関する提言』である。

極めて真っ当な書類である。まともな書類が書けたのかと、まずそこに驚いた。とても第二王子が書いたとは思えない。

そう、第二王子ガードナーによって提出された書類である。

「何故だ……っ」

クレンドールは顔を歪めた。

「何故……第二王子が国民の食糧事情などに興味を持つのだっ」

先日、適当に理由をつけて聖女アルムを連行するように焚《た》きつけた第二王子は、手ぶらで帰ってくるや執務室に突撃してきた。

聖女を連れてくるはずだったガードナーは、何故か国民に筋肉の尊さを広めるために痩せている国民を太らせると言い出した。

「おのれ、聖女アルム……っ！　よもや、筋肉にしか興味のない第二王子を、福祉に目覚めさせるとはっ……‼」

筋トレをしている姿しか見たことがない第二王子から「公共の福祉」について質問されたあの日のことを、クレンドールは忘れないだろう。

「目指せ貧困撲滅」「国民に栄養を」とスローガンを掲げたガードナーが城中に啓蒙《けいもう》ポスターを貼《は》ってしまった。むろん、宰相執務室にもである。

「三年以内に飢えをなくす、だと？　簡単に言いおって！」

クレンドールはポスターの標語を睨んで吐《は》き捨てた。

聖女アルムの手練手管《てれんてくだ》によって、第一王子に引き続き第二王子までも見る影もなく変えられてしまった。使える駒《こま》が残っていない。第三王子は肥満《ひまん》で滅多に動かない。第四王子は引きこもり。第六王子は何を考えているかわからなくて不気味だ。

「次の手を考えねば……」

クレンドールは聖女アルムの懐柔を諦《あきら》めることなく、次なる手を考え始めた。

＊＊＊

先日の第二王子はなんだったのだろう。

お茶を飲みながら、アルムはふと思った。

今回ばかりはアルムは正真正銘《しょうしんしょうめい》何もしていない。一言も喋《しゃべ》らないうちに第二王子が勝手に何かを決意して去っていってしまった。何の用だったのかさっぱりわからない。

「やだなぁ……なんで王子がこの辺をうろちょろしてんのよ」

アルムがここへ来て以来、王子の出没が頻繁に起きている。ここがこんな王子出没地帯だったなんて聞いていない。「王子出没注意」と書かれた看板でも立てておいてくれたら、この廃公園の土地の購入をためらったかもしれないのに。

「王子だけこの辺りに足を踏み入れた途端に城にワープする術でも仕掛けておこうかな」

「そんなことまでできるのか？」

「ぎゃわっ」

危うくお茶をひっくり返すところだった。

結界の外にいつの間にか第五王子が立っていて、アルムをじっと見つめていた。

「ななな、何かご用ですか？」

「落ち着け。お前は何か事情があってここにいるのだろう？　無理に連れ戻すつもりはない」

第五王子ワイオネルはアルムの不安を抑えるように静かに語りかけてきた。

アルムはお茶のカップを消して、ワイオネルに向き直った。

「アルム。お前は素晴らしい癒《いや》しの聖女だ。傲慢《ごうまん》な第一王子と自分にしか興味のない第二王子が、まるで憑《つ》き物《もの》が落ちたかのように人が変わって、他人を思いやることのできる真人間になった。彼らを諭し、変えてくれたお前に礼を言いたくて来た」

そう言われて、アルムは首を傾げた。

「私は何もしていません」

正真正銘、何もしていない。第一王子は丁重に送り返したし、第二王子に至っては突然やってきて勝手に帰っていっただけだ。

「謙遜しなくていい。彼らはお前に会いにいって、変わって帰ってきた。お前の清浄さに触れて心に思うものがあったのだろう」

　ワイオネルはアルムが彼らを変えたと信じ込んでいるようだが、そんなわけがないとアルムは知っている。

　アルムにそんな風に人を変える力があるとしたら、ヨハネスがあんな非人道的な人間のままであるはずがない。

　ヨハネスの仕打ちを思い出して、アルムは「うっぷ」と思わずこみ上げた吐き気をこらえた。

　好きな女の子に思い出すだけで吐き気を催《もよお》されている第七王子、その名をヨハネス・シャステルという。

　実に、ご愁傷様《しゅうしょうさま》である。


　ワイオネルは立太子も間近と言われる王子である。本来、このような貧民地区付近に足を踏み入れるべきではない。

　そうわかってはいるのだが、聖女アルムがそこにいると思うと何故か足を向けてしまう。

　アルムには、他人を引きつけるオーラがあると感じる。そして、そのオーラは触れた者の心を慰撫《いぶ》し、穢《けが》れを取り除いてくれるのだろう。

　第一王子と第二王子が変わったのを見て、ワイオネルはそう確信していた。

それにしても、アルムがこの公園のベンチから動かない理由がわからない。何か事情があるのだろうが、いくら結界を張っているとはいえ、屋外では真に心が安まることがないのではないか。

「アルムよ。お前がここに留《とど》まらなければならない理由はなんだ？」

「家がないからですけど……」

アルムの答えは簡潔だった。理由も何も、アルムはホームレスなのだ。

「聖女の家である大神殿も、実家のダンリーク男爵家も、お前の家ではないと？」

アルムは口をつぐんだ。

大神殿に戻るつもりはないし、ダンリーク家はただ育ててもらっただけでアルムの家ではない。だが、それをワイオネルに説明してやる義理もない。アルムは黙《だま》り込んだまま答えなかった。

「ここに留まる理由がなく、ただ帰る場所がないだけだというなら、他に家を用意してやってもいい。望むなら、王宮に部屋を与えてやろう」

突拍子もないことを言い出したワイオネルに、アルムは目を見開いた。


アルムは王宮に足を踏み入れたことがない。

二ヶ月に一度、清めの儀式を行うために聖女が王宮を訪《おとず》れるが、その役目は侯爵令嬢であるキサラがいつも担っていた。

他の仕事は全部アルムに押しつけたくせに、ヨハネスは大神殿の外に出る必要のある仕事は他の聖女に任せてしまっていた。大方、アルムがサボるか逃げるかすると疑っていたのだろう。

しかし、そんなアルムでも王宮に部屋を与えられるということがどういうことかぐらいわかる。王子の公式寵妃《ちょうひ》になるということだ。

王子が国王になったら後宮へ引っ越して、身分的に正妃《せいひ》にはなれないので寵妃止まり、もしも子供を産めば第○妃と数えられる身になる。

アルムは無言のまま片手をあげた。

「お？」

体がふわっと浮き上がって、ワイオネルは目を点にした。

次の瞬間、第五王子の体が空の彼方《かなた》へ吹っ飛んだ。

「おおおおおおっ⁉」

何か、目に見えない板に乗せられて、それが目に見えない半円形の橋を滑っていくようだ。ものすごいスピードで。

瞬く間に城へ辿《たど》り着いて、見えない橋と板が消えた。

べちゃっと城の門の前に落とされて、突然空から降ってきた第五王子に門番が目を白黒させた。


「ふう……」

アルムは手を下ろして息を吐《つ》いた。

ちょっと手荒に扱ってしまったが、仕方がないだろう。今のは全面的にワイオネルが悪いのだ。

「私、これでも元聖女！　あと、十五歳！」

アルムはベンチに寝転がるとぷんぷん怒った。

（第七王子がパワハラ野郎で、第五王子がセクハラ野郎だなんて！）

やっぱり王子なんてろくでもない。と、アルムは王子という存在への苦手意識を深めたのだった。

＊＊＊

今日は第五王子が空から降ってきたらしい。

それを聞いたヨハネスは、聖女との死闘の末に大神殿を抜け出して王宮へ向かった。

今日はキサラとメルセデスが外回りに出て不在だったため、ミーガン一人が相手だったのでなんとか隙をついて抜け出すことができた。

聖女と戦わなければ抜け出せない大神殿ってなんだ？　魔王の根城じゃあるまいに。


「ワイオネル様！」

「ん？　ああ、ヨハネスか」

私室でひとり物想《ものおも》いに耽《ふけ》っていたワイオネルは、異母弟の突撃訪問に顔を上げた。

「空を飛んで帰ってきたそうですが⁉」

「ああ、そうなんだ。あんな経験は初めてだった……」

ワイオネルは風の感触を思い出すように目を細めた。

「アルムですか？」

「ああ。アルムだ」

予想が当たって、ヨハネスは息を吐いた。

王子を空に飛ばすだなんて、アルム以外にいないと思った。

「何故、アルムに会いにいったんです？」

アルムは何の理由もなく王子を空に飛ばすような少女ではない。ワイオネルとの間に何があったのか、ヨハネスは気になった。

ワイオネルは短く息を吐いて言った。

「何故だろうな……アルムに会うと、心が安らぐ気がするんだ……」

その言葉に、ヨハネスは衝撃を受けた。

敬愛する異母兄は、あまり他人と深く関わるタイプではない。その彼が、アルムと会うために自ら貧民地区に足を運ぶとは。

嫌な予感がしてたまらない。

「ワイオネル様……それは……」

「それで、アルムに王宮に部屋を用意すると提案したのだがな」

「ええっ⁉」

ヨハネスは文字通り飛び上がった。

王子が王宮に部屋を用意するという意味はヨハネスにもわかる。

「ワッ、ワイオネル様っ、アルムはっ、大神殿の聖女であって、その……」

「ああ。わかっている。だが、どういうわけか彼女は大神殿に戻りたくないようだからな」

ヨハネスは「うぐっ」と呻《うめ》いた。

「アルムをいつまでもあんな空き地にひとりでいさせるのは胸が痛む。できれば、俺の傍に置きたいが……」

「なっ……がっ……おっ……」

遠い目をするワイオネルは、ヨハネスが蒼白《そうはく》な表情でぶるぶる震えていることに気づかない。

「アルムがここにいてくれたら、すべてがもっと良くなるような気がする」

ワイオネルはそう言って悩ましい溜《た》め息《いき》を吐《つ》いた。

ヨハネスは息も絶え絶えだった。

＊＊＊

夜の貧民地区。

乾燥した風が吹きすさび、寒々しい空気が守る壁もなく眠る人々を凍えさせる。

そんな風の吹く中、人気《ひとけ》のない寂《さび》れた廃公園の真ん中にぽつりと取り残された古いベンチ。

「ぐぅぐぅ……」

そこに仰向《あおむ》けになって健《すこ》やかに寝息を立てる少女。

ホームレス系元聖女アルム・ダンリークである。

「ぐぅ〜……よひゃねちゅ・ちゃちゅてりゅ〜はげろ……むにゃ」

神官を小さく呪詛《じゅそ》りながら寝返りを打った。

「はげたのち、あたまぶつけろ……むに……」

寝返りを打って体がベンチからはみ出す。が、落ちることはない。ベンチと同じ高さの透明な寝台でもあるかのように、アルムの体は何もない空間をころころ転がり、結界の端にぶつかると今度は逆方向にまたころころと転がってベンチの上に戻ってくる。

「むにゃむにゃ……」

結界の中には風も吹かず、気温も一定に保たれている。毎日ばっちり安眠できる最高の空間である。

ただ、アルム本人がどんなに健やかに安らかに熟睡していたとしても、事情を知らない人間が見ると「うら若い少女がたったひとりで治安の悪い貧民地区のベンチで倒れている図」としか思えない。

ちなみに事情を知っている人間から見ると、「ど腐《ぐさ》れ神官に大神殿からいびり出された可哀想《かわいそう》な聖女が行き場もなく孤独な夜を過ごしている図」である。


どっちにしろ、周囲の人々からは心からの同情を集めているアルムである。


同情をよそに熟睡していたアルムだが、悲鳴のような声が聞こえてぱちりと目を開けた。

眠りを邪魔《じゃま》されて不機嫌《ふきげん》になりながらも、アルムは渋々《しぶしぶ》身を起こした。

(またか……)

ここ数日、アルムには悩みがあった。

数日前、悲鳴が聞こえたと思ったら一人の女性が男に追いかけられているのが見えた。

さすがに見過ごすことはできず、アルムは男をほいっと吹っ飛ばした。

女性はお礼を言って去っていき、アルムは「やっぱりこの辺は物騒なんだなぁ」と考えた。

その翌日、いかにもわけありそうな出《い》で立ちの若者が、複数の覆面《ふくめん》の男達に囲まれているのを目撃した。見ただけでは事情はわからないが、とりあえず目の前で刃傷沙汰《にんじょうざた》は見たくないので、若者と覆面の男達の両方をそれぞれ反対方向に吹っ飛ばしておいた。

その後も、お年寄りを襲う強盗や中年男性を囲むおやじ狩りの少年達などを吹っ飛ばしていたら、どうやら「貧民地区近くの廃公園まで逃げれば助かる」という妙な噂《うわさ》が出回ってしまったらしい。

今日なんか痴話喧嘩《ちわげんか》がもつれて彼女に殺されそうだという男が助けを求めてきたので、警官隊の詰め所の方角へ吹っ飛ばしておいた。

さすがに面倒《めんどう》くさくなってきたので、目の届く範囲に「悪意を持って誰かを追いかけている人間」だけ立ち入れない結界を張ってやろうかと思っていた矢先だった。

（やっぱり結界を張っておけばよかった……）

とっとと吹っ飛ばして寝直そうと思ったアルムは、若い男に追いかけられているヒンドの姿を目にして唖然《あぜん》とした。

「ちょ、ちょっと待ってくれ！　頼む！　はあはあ……か、顔を……はあ、よく見せてくれっ……

はあはあ」

荒い息づかいでいたいけな少年を追いかけている時点で不審者丸出しだ。問答無用で吹っ飛ばしていいだろう。

そう判断したアルムは即座に若い男を吹っ飛ばした。

「うおっ⁉」

突然吹き付けてきた強風に体を巻き上げられ、男はうろたえたように叫《さけ》んだ。

が、

「よっ、と」

かけ声と共に空中で一回転して、近くの建物の壁を蹴《け》って体勢を立て直した男は、その場にざしゃっと着地した。


「おいおい、いきなり物騒だなぁ」

口を尖《とが》らせてそう言う男は、よく見ると十代半ばくらいの黒髪の少年だった。飾り気のない白いシャツと黒いズボン姿の、どこにでもいそうな平民の少年といった出で立ちだ。

「お前、もしかして噂の聖女か。貧民地区で人助けをして、慈愛と博愛の化身と呼ばれている……」

少年がアルムを見てそう口にした。

アルムは返事をしなかった。慈愛も博愛も心当たりがない。

アルムがここに来てからやったことと言えば、畑を作ったことと目障《めざわ》りな連中を吹っ飛ばしたことぐらいだ。後はひたすら怠惰《たいだ》に過ごしている元聖女である。

結界の前に立った少年は、アルムに向き合って眉をひそめた。

「あれ？　この気は……お前、もしかして」

「アルム様！　あのオッサン、変質者だ！　仕事の帰り道で急に声をかけてきて『もっと明るいところで顔が見たい』って言って追いかけてきたんだ！」

結界の外ぎりぎりの位置でヒンドが訴える。

アルムはそれを聞いて冷や汗をかいた。


（とうとう本物の変態と出会ってしまった……！）


これまでに、アルムは強盗や不審者や王子などを吹き飛ばしてきた。しかし、変態と対峙《たいじ》するのは初めてだ。

（落ち着け……思い出すのよ。マチルダ先生の教えを！）

アルムは男爵家にいた時の教育係マチルダ夫人の淑女《しゅくじょ》教育で学んだ変態と遭遇した時の対処方法を思い出そうとした。

『変態が現れた時は、恐れたり泣いたりするより先に、すべきことがあります。慈悲と遠慮と容赦を捨てることです。次に目を狙《ねら》います。目潰《めつぶ》しに成功、あるいは目に届かない場合は、狙うのは股《また》です。できれば思いきり蹴り上げます。蹴り上げるのが不可能だとしたら、手近に石などの硬いものがある場合は拾い上げて股間めがけて投げつけましょう』

マチルダ夫人の淑女教育は実践的でためになると評判らしかった。今思うと、異母兄はアルムのために評判のいい教師を雇ってくれていたようだ。

「思いきり……股間……硬いもの……」

アルムはぶつぶつ呟きながら手頃な大きさの石を探した。

そんなアルムを、少年は興味深そうに眺めている。

「へぇ……噂なんて信じてなかった。てっきり頭のおかしい自称聖女が貧民をだましているのかと思ってたけど……」

アルムの全身を眺める少年の目がぎらりと光った。それはまるで、獲物をみつけたような目だった。

「おい、オッサン！　アルム様を変な目でみるなよ、変態！」

アルムをじっとみつめる少年のただならぬ様子に、危機感を覚えたヒンドが声をあげた。変態の標的が自分からアルムに移ったと察したのだ。

「オッサンって、ひでぇなぁ。俺はまだ十六歳だぞ」

「十六！」

少年がヒンドに向かって言った言葉に、アルムが反応した。悲鳴のように叫んでベンチごと後ろに下がって空き地の隅に避難する。

「え？」

急にベンチごと遠ざかったアルムに、少年が面食らう。だが、アルムは少年の反応を気にするどころではなかった。

「十六歳は近寄らないでください！」

「ええ⁉」

「十六歳なんて……十六歳の男子なんてえんがちょですっ！」

「どうした？　十六歳の男に親でも殺されたのか⁉」

親ではなく、殺されたのはアルムの精神だ。度重なるパワハラのせいで、アルムはすっかりヨハネスと同じ年齢の男子が苦手になっていた。

なので、正確に言うと「十六歳」が苦手なのではない。来年になってヨハネスが十七歳になったら、今度は十七歳の男子が苦手になるだろう。

だが、今この時は十六歳の男子がアルムの天敵なのだ。

「十六歳の男子なんて凶暴で口が悪くて何をしても文句《もんく》を言ってきて、人を人とも思わない冷酷非道な存在なんです！」

「年齢だけでこの拒絶っぷり……本当に十六歳に何をされたんだ？」

少年はひたすら困惑する。


「落ち着け。俺は十六歳だが、悪い十六歳じゃない。俺はただ、その男の子の名前と年齢を教えてもらって明るいところでじっくり顔を見せてもらいたかっただけで……」

「事案!!」

アルムは先ほどよりも数倍の力を込めて少年を吹っ飛ばした。心持ち、股間の辺りへ当たる風圧が強かったかもしれない。風圧、というか、空気の塊を豪速球でぶつけた、というか。

先ほどは華麗な身のこなしで着地した少年だが、今度はなす術《すべ》もなく吹っ飛ばされていった。

「ふぅ……」

「アルム様、大丈夫《だいじょうぶ》ですか？　俺が変態を連れてきたばっかりに、アルム様までよこしまな目で見られてしまって……」

ヒンドが申し訳なさそうに肩を落とす。

「いいのよ。ヒンドが無事でよかった……でも、変態には気をつけるのよ。いざという時は目と股間を狙うのよ。『奴《やつ》らに慈悲と遠慮と容赦はいらない』ってマチルダ先生もおっしゃっていたわ」

初めての変態との遭遇だったが、マチルダ夫人の教えを思い出したおかげで怯《おび》えずに対処できた。

アルムはほっと息を吐いた。

「ところで、こんな夜遅くまで何をしていたの？」

「街のお屋敷で下働きをしていて……いつもはこんなに遅くならないんだけど、今日はたまたま仕事が多くて」

ヒンドはぺこぺこ頭を下げながら貧民地区に帰っていった。

「まったく……十六歳の男子のせいで安眠が妨害されたわ。やっぱり十六歳の男子なんてろくでもないわ」

十六歳の男子に腹を立てながら、アルムは再びベンチに横になった。

「これだから十六歳は……むにゃむにゃ」

横になってすぐに、眠気がやってくる。

「むにゃ……よひゃねしゅ……しゃしゅてりゅ……しゃっくりがとまらなくなれ～……」

さっきの続きの寝言（呪詛）を再開して、アルムはぐっすりと深い眠りに入っていった。


王都の貧民地区とは反対に位置する、富裕層の平民が暮らす西地区。

住民達の憩いの場である植物公園の芝生《しばふ》の上に転がった少年が、呻きながら身を起こした。立ち上がることはできず、しばし四つん這《ば》いになって声にならない痛みをやり過ごす。

「ちくしょう……人をぽんぽん吹っ飛ばしやがって……慈愛と博愛の聖女じゃなかったのかよ？

えげつない場所狙いやがってっ……」

あらぬところの痛みと恥辱《ちじょく》で涙目になりながら、少年は噂とは違う聖女の実態に歯噛《はが》みした。

「許すまじ、聖女アルム……それにしても、あの子供……いや、まさかな」

計画の協力者に接触した帰り道でみかけた子供――暗い夜道だったたし、正面からまっすぐに見ることはできなかったが、彼女に似ていると感じて思わず追いかけてしまった。だが、自分が最後に彼女に会ったのは十年以上前のことだ。五、六歳だった子供の頃の記憶などあてにならない。

「根拠もないのに、叔父上《おじうえ》をぬか喜びさせるわけにはいかないか……でも、一応、貧民地区での実験は中止するように言っておくか」

ようやく股間の痛みが収まって、少年は立ち上がった。


「……あの時の花は、聖女アルムの仕業《しわざ》だったのか」

少年は、空から飛来して瘴気《しょうき》を消し去った花が発していた清浄な気と、アルムがまとう気が同じであることに気づいていた。

「なかなか強力な力を持っているみたいだな。おもしろい」

ニヤリと口角《こうかく》を上げた少年が、懐《ふところ》に手を入れて握《にぎ》り拳《こぶし》大の黒い石を取り出した。

この中に、これまでに集め続けた瘴気が閉じ込められている。

一斉に解放される日を待ちながら。

# 第五章

# 来るものは拒《こば》む主義

昨夜はなかなか寝つけなかった上、夢見もよくなかった。

「はあ……」

大神殿の廊下を歩きながら、ヨハネス・シャステルはぼやいた。

朝起きたら何故《なぜ》か枕《まくら》に大量の抜け毛が落ちていたし、寝台から降りた途端、落ちていた書類を踏んでひっくり返って寝台の縁《ふち》に後頭部を打ち付ける羽目になった。

「朝っぱらから……ひっく……ついてないな……ひっく」

ヨハネスはズキズキ痛む頭を押さえて溜め息を吐いた。


寝覚めの悪い原因はわかっている。アルムだ。

より正確に言うと、ワイオネルに見初《みそ》められてしまったアルムだ。


ワイオネルには現在、婚約者も恋人もいない。

二年前までは宰相の娘である婚約者がいたのだが、家ぐるみで不正に関《かか》わっていたことが明らかになって罪人として辺境の地に追放された。

追放された宰相に代わって新たな宰相となったクレンドール侯は、ワイオネルの立太子を快《こころよ》く思っていないため、彼に有力な後ろ盾となる婚約者を迎えることを避《さ》けている。

「まさか……ひっく、ワイオネル様が、ひっく、アルムを……」

憂鬱《ゆううつ》な気分で肩を落とし、少女の面影《おもかげ》を脳裏に思い浮かべる。


「アルム……」

「滅っ！」


次の瞬間、背後から降《ふ》り注《そそ》いだ光の矢を、ヨハネスは間一髪、ぎりぎりのところで避《よ》けて床に転がった。

「朝の挨拶《あいさつ》より先に背後から攻撃するってどういうことだ⁉」

「申し訳ありません。よこしまな気配を察知したもので……」

美しいかんばせに朝の光を浴びて輝く聖女キサラが、悲しげに眉《まゆ》を下げた。

「一つも当たらないだなんて、わたくしの未熟さの表れで恥《は》ずかしいですわ。もっと精進して参ります」

「俺《おれ》に攻撃を当てるために精進しようとするな！　動機が不純すぎるだろ！　……ひっく」

ヨハネスは立ち上がりながらキサラを睨《にら》みつけた。ひっく、と肩が揺れる。

キサラはそんなヨハネスの視線を無視して淡々《たんたん》と述べた。

「殿下。本日はわたくし、聖女キサラが王宮の浄化《じょうか》に向かいます」

「あ？　ああ……ひっくっ」

ヨハネスは肩を揺らしながら頷《うなず》いた。

二ヶ月に一度、聖女を派遣して王宮の浄化を行うのだ。

誰《だれ》が行ってもいいのだが、ヨハネスがアルムを外に出さなかったことと、侯爵令嬢であるキサラは一人で王宮へ行っても堂々としているため、もっぱらキサラが担うことの多い役目だ。

「問題はないだろうが……ひっく、しっかりやれ。ひっく」

「お任せくださいませ」

キサラは優雅に礼をして去っていった。

その姿は非の打ち所のない令嬢であり、清浄な聖女にしか見えない。第七王子の背後を狙《ねら》うのさえやめてくれれば、未来の王妃にもなれる資質があるのだが。

「ひっく……ワイオネル様の婚約者に推薦してみるか……？　ひっく、そうすればアルムは……ひっくっ、いや、しかし、あの女にこれ以上の権力を与えると、本格的に俺の命が危ない気が……ひっく……あー、なんで全然しゃっくりが止まらないんだ……ひっく」

ヨハネスは喉《のど》を押さえて、首を傾《かし》げながら執務室へ向かった。

執務室へ入ってすぐに、ワイオネルが訪《たず》ねてきた。

「朝早くに悪いな」

「いえ、ひっく、どうしました?」

ワイオネルは少し顔色が悪かった。疲れている様子だ。

(無理もない……無能の王は傀儡《かいらい》で政治は臣下に丸投げ。ワイオネル様は「王の実権」を取り戻すために奮闘しているが、立太子していないことを理由に重要な政務からは外されてしまっている)

役立たずの王の下で有力貴族が好き勝手やっているのが、現在のこの国の実情だ。

「瘴気《しょうき》のことだ。俺達二人で調べるのも限界だと思い、周りの協力を仰《あお》ごうと考えていたのだがな」

「はひっく、そうですね。ひっく、他の神官達にも説明してひっく」

ワイオネルが切り出した内容に、ヨハネスも賛同する。

「ああ。しかしだな、もしも闇《やみ》の魔力を持つ者が瘴気を集めていたとして、これは一人でできることだろうか?」

「ひっく、と、言いひっく、ますっ、と?」

「しゃっくり大丈夫《だいじょうぶ》か? 浄化される前の瘴気をかすめ取るためには、王宮に上がってくる報告を読むか、大神殿の神官の派遣予定を知っていないと難しいのではないか?」

「あ……ひっく、その通りっく、ですね、ぅぇっく」

「鼻をつまんで水を飲んでみたらどうだ? 俺の考えすぎだといいのだが……」

「いえっく、考えすぎっふ、ではなひっく、と思いまっぐふ」

「一分間、息を止めると収まるって聞いたことあるぞ。そうだな。考えたくはないが……王宮か大神殿に、闇の魔力を持つ者本人か協力者がいる」

「……ひっく」

二人は難しい表情で黙《だま》り込んだ。


内部に敵が潜んでいる可能性がある以上、この件は今しばらくは他言できないとワイオネルとヨハネスの意見が一致した。

「これまで以上に慎重になる必要があるな」

「ひっく」

「すまない、お前も忙しいだろうに。しゃっくりが止まらないのは疲労《ひろう》のせいかもしれん。体を大切にしろ」

「ひっく、うぃっく、ワイオネル様も、っくお疲れのご様子っく」

「ああ、いや……俺はただ寝不足なだけだ」

ワイオネルはほんの少し頰《ほお》を赤らめて前髪を搔《か》き上げた。

「アルムのことを考えていたら、眠れなくなってしまってな」

「うぇっぷ」

ヨハネスは大きく肩を揺らした。

ワイオネルはうっとりした表情で遠くを見る目をした。

「彼女は素晴らしい聖女だ。独り占めしたいなんて欲深なことを望んでは罰が当たるだろうが」

「げぇっふ」

「それでも、そんな夢を見てしまう。こんな気持ちは初めてだ」

ヨハネスは鳩尾《みぞおち》を押さえた。しゃっくりが止まらないせいか、吐《は》き気までしてきた。

ワイオネルが優しい口調でアルムのことを語る度に、吐き気はひどくなっていく。

ヨハネスはワイオネルが帰った後の執務室で、屍《しかばね》のように椅子《いす》に沈み込んだまま動けなかった。

＊＊＊

「うちで漬けたキュウリとナスだよ。結界の中に入れるよ」

「アルムちゃん。綺麗《きれい》な花をみつけたからあげるよ」

貧民《ひんみん》地区の住民達ともすっかり打ち解けて、アルムは廃公園の日常に慣れきっていた。

住民達の方も慣れたもので、結界の外で勝手に輪になって茶を飲んだり、「今日は王子こないかねぇ」などと王子出没を賭《か》けたりしている。

最近、この界隈では王子という存在が「たまに山から下りてきて畑を荒らす厄介な害獣」みたいな扱いをされている。それでいいのか聖シャステル王国。


「ところでアルムちゃん。聖女エリシア様って知ってるかい？」

一人の老人が、ふと思いついたようにそう尋ねてきた。

「エリシア様？」

アルムは目を瞬《またた》いた。

もちろん、名前は知っている。聖女エリシアと言えば、王弟の妃《きさき》となった伯爵令嬢だ。聖女時代は非常に民衆に慕《した》われたらしいが、十年前に王弟宮が火事になり、子供と共に亡くなったと聞いている。

「俺達みたいな貧民は直接聖女様にお会いできるわけじゃないから、どんな方だったのか想像するしかないけれど、きっとアルムちゃんみたいに心優しい人だったんだろうねぇ」

「昔の貧民地区は今よりもっと危険な場所だったんだよ。泥棒や人殺しがうようよいたからね」

「俺の兄弟もどうしようもないやくざもんでねぇ」

年寄り連中が思い出話モードに入ってしまった。こうなると話が長いのだ。アルムは適当に聞き流す態勢になった。

大神殿では過去の聖女の功績も学ばされたから、アルムも聖女エリシアが王弟サミュエルと協力して数々の改革を成し遂《と》げたことは知っている。犯罪率を下げたり、病気で死ぬ赤子の数を減らしたり、犯罪者の更生施設を作ったりしたらしい。

聖女エリシアについては誰の口からも賞賛しか紡《つむ》がれず、十年経《た》った今でも不幸な事故を嘆《なげ》く声がやまない。

「正直、エリシア様とサミュエル様が国を動かしてくれればいいのにと思っていたんだがなぁ……」

名高い聖女が不慮《ふりょ》の事故で亡くなり、妻子を失った王弟が王宮を出ると、進められていた事業や計画は頓挫《とんざ》してしまったという。

国全体に差していた明るい光が消えたようだったと、当時を知る者は言う。

「エリシア様が生きていたらなぁ……」

「国王も大神殿も、俺達のことなぞ考えていないからな」

「アルムちゃんをいびって追い出すなんて、エリシア様がいなくなって、大神殿は腐《くさ》っちまったに違いない」

住民達はそう言って嘆いていた。

聖女エリシアはアルムの考える以上に民に慕われていたようだ。

しかし、大神殿が腐っているというのは間違いだ。アルムはそう訴えたくなった。大神殿は腐っていない。腐っているのはヨハネスの性根《しょうね》だけだ。

アルムがヨハネス以外の神官と聖女の弁護をした方がいいかと悩んでいると、道の向こうからヒンドがやってくるのが見えた。

「ドミ、やっぱりここにいたのか」

「あっ、兄ちゃん。おかえりー」

貧民地区の他の子供と遊んでいたドミが、兄の姿をみつけて駆け寄ってくる。

ヒンドは時々、街のお屋敷で下働きをしているらしい。普通は貧民地区の住民など雇われることはないのだが、ヒンドは一見、貧民とは思えない顔立ちをしている。まだ幼《おさな》いが整った綺麗な顔を見て、厨房《ちゅうぼう》で働く女中や洗濯婦などが声をかけてきては雑用を頼んでくるらしい。

ヒンドとはタイプが違うが、ドミも柔和《にゅうわ》で品の良い顔立ちをしている。もう少し大きくなれば、さぞかし見目麗《みめうるわ》しい美形兄弟となるだろう。

「ヒンドとドミは、お貴族様の落とし胤《だね》だと思うんだよねぇ」

じゃれ合う兄弟を眺めて、年増《としま》の女が首を傾げる。

「誰もあの子らを捨てていった人間を見ていないんだけど、二人ともここに来た時は絹の服を着ていたしねぇ。ヒンドは自分と弟の名前と年齢ぐらいしか言えなかったし、お家騒動か何かで殺すのが忍びなくて捨てていったんじゃないかしら」

いつか貴族の親が迎えにくることもあるかもしれないと、貧民地区の住民達は兄弟がこの暮らしから抜けられるように願っているようだ。

アルムは自分の過去を思い浮かべた。

母に捨てられた時、自分は何を考えていたんだっけ、とふと思った。


「アルム様！」

アルムがぼんやりしていると、結界の手前にドミが駆け寄ってきた。

「アルム様、お願いがあるんだ！」

「お願い？」

「うん！」

ドミはにこにこ笑顔で言った。


「アルム様、兄ちゃんのお嫁さんになって！」


アルムはぽかん、と口を開けた。

（およめさん……？　お嫁さん？）

何を言われたか理解して、アルムはぽっと赤くなった。

「何言ってんだ、ドミ！」

ヒンドが慌てて弟をたしなめる。

「だってぇ、兄ちゃんは綺麗な顔してるって皆が言うから、兄ちゃんと釣り合うぐらい綺麗な人じゃないとお嫁さんになれないでしょ」

子供らしく単純な意見に、周りの大人達は手を叩《たた》いて囃《はや》し立てる。

「そりゃいいや」

「姉さん女房だな」

「羨《うらや》ましいぜ」

ヒンドはその整った顔を赤く染《そ》め、アルムもまた、第五王子のセクハラ発言とはまったく違う純粋な子供の発言にちょっと落ち着かない気分になったのだった。


「はっ！」

大神殿の執務室で、ヨハネスが飛び起きた。

「やっと正気に戻りましたか。椅子に座ったまま魂が抜けていましたよ？」

聖騎士が呆《あき》れたように言う。ヨハネスは朝、ワイオネルを見送った後の記憶がないことに気づいた。

「なんだろう……夢を見ていた気がする。強大な敵に立《た》ち塞《ふさ》がられて、どう戦おうか悩んでいた時に、横から飛び出してきた思わぬ伏兵に脇腹《わきばら》を刺された、みたいな」

「冒険ファンタジーみたいな夢を見てないで働いてください」

しゃっくりは治っていたが、何故か不安で落ち着かないような妙な気分で、ヨハネスはひたすら脇腹をさすっていた。

無邪気な子供の「お願い」に照れて戸惑っていたアルムだったが、ほどなく我に返ってとにかくこの場を納めようと口を開きかけた。

だが、その前にヒンドが大きな声で言った。

「無理だよ！　アルム様は『来るものは拒む主義』なんだから！」

なんだそりゃあ、とアルムは目を丸くした。

「兄ちゃん、主義って何？」

「いつも違う女の人を連れている男の人が『俺は来るものは拒まない主義だ』って言ってたんだ。アルム様はここに誰が来ても結界を張ったままだし、誰もアルム様に近寄れないだろ？　アルム様は来るものは拒む主義なんだよ、きっと。俺達も結界の中には入れてもらえないだろ。だから、結婚はできないよ」

「えー」

不服そうなドミに言い聞かせるヒンドの言葉に、アルムは「うっ」と胸を押さえた。

（別に来るものを拒んでいるわけじゃないけど……そりゃ確かに第五王子の前に壁を作ったり第一

王子を木の根に包んで送り返したり第七王子をシャットアウトしたり第二王子……は勝手に帰っていったんだし。あと、第五王子を宮殿まで吹っ飛ばしたりはしたけれど）

来るものは拒む、というか、来る王子は拒みまくっているアルムである。

しかし、それはこんなところまでやってくる王子のせいであって、アルムは悪くない。

「アルム様は、どうして結界を張っているの？」

「え……？」

ドミに不思議そうに尋ねられて、アルムはぱちぱちと目を瞬いた。

「アルム様は、誰が来てくれたら結界をなくすの？」

結界を張っているのは、身の安全のためと、世間と関わらずに一人で楽に過ごすためだ。別に、誰かの迎えを待っているわけでも期待しているわけでもない。

住民達が帰った後、ベンチに寝転がりながらアルムはドミの質問への答えを考えていた。

アルムは誰かを待っているわけじゃない。

そもそも、アルムを迎えに来てくれる人はいない。

やってきた王子達が連れ戻したかったのは「聖女」だ。

そのうち新しい聖女がみつかれば、皆アルムのことなど忘れるだろう。

そして、聖女ではないアルムを必要として迎えにきてくれる人などいないのだ。


「……誰も来ないよ」

アルムは思わずそう呟《つぶや》いていた。誰もいない薄暗い公園の空気に、小さな答えはむなしく溶けた。

「はあ……」

アルムは盛大に息を吐いた。

(何か別のことを考えよう……)

頭を軽く振ったアルムは、住民達の話を思い出して呟いた。

「聖女エリシア様か……」

死後十年経ってもいまだに民に慕われているだなんて、よほど立派な聖女だったに違いない。

「立派な聖女か……私にはなれなかったけれど、キサラ様達には頑張《がんば》ってもらいたいな」

元聖女アルムは、元同僚達のためにそっと祈った。

＊＊＊

瘴気とは、人間の悪意などの負の感情から発生すると言われている。

一度生まれた瘴気は、聖女もしくは神官の光魔法で浄化されるまでは消えない。

人を恨《うら》んだまま亡くなると瘴気の塊《かたまり》が残り、これが俗に幽霊と呼ばれる。

故《ゆえ》に、人が亡くなった際には瘴気が残らないように神官が遺体を清めて神の御許へ送るのだ。

ヨハネスも神官として幾度も儀式に立ち会った。

だから、瘴気を生まないように己《おのれ》を律して生きていかねばならないと、肝《きも》に銘じている。

が、
今現在、彼はめちゃくちゃ瘴気を生んじゃいそうに心が荒《すさ》んでいた。


「第一回！　ゲス野郎からアルムを守る聖女会議を始めます！」

「はい！　キサラ様！　わたくしにはいずれ男爵家を継ぐ従兄弟《いとこ》がおります。真面目《まじめ》で穏やかな人柄で今年で十九になります。アルムにはお似合いかと」

「あら、メルセデス様。でしたら、わたくしの弟などいかがでしょう。アルムとは同い年です」

「弟様は将来は伯爵家を継ぐのでしょう？　アルムには伯爵夫人など重荷にならないかしら？」

「アルムなら高位貴族の妻も務まりますわ。でも、のんびり過ごさせてあげたいという気もしますわねぇ」

「ですから、我が従兄弟ならばダンリーク家と同じ男爵位ですもの。アルムも気楽ですとも」

「我が家と長年付き合いのある商会の跡取りなどどうかしら？」

「やはり爵位がないと少し不安ですわ。どこぞの第七王子が権力にもの言わせて召し出そうとするかもしれませんし」

「ああ、嫌ですわ。おぞましい」

「わたくし、鳥肌が」

「そうですわね。『第七王子』ってところが特に嫌ですわ。王位を継ぐわけでもないのに中途半端《ちゅうとはんぱ》に権力だけ持っているっていう……」

「ええい!!　いい加減にしろっ!!　俺の執務室で茶ぁしばきながら俺の神経を逆撫《さかな》でするんじゃねぇっ!!」


ヨハネスは机に拳《こぶし》を叩きつけて立ち上がった。

「ひとが仕事している前でなんの嫌がらせだっ！」

「あら。わたくし達は本気ですわ」

「だって、いつまでもアルムをあんな寂《さび》れた廃公園に放置できませんもの」

怒《いか》り心頭《しんとう》のヨハネスに、聖女達は「ほほほ」と軽《かろ》やかに笑う。

「放置するのが心配なんだったら、ここに戻せよ！　大神殿が聖女の家だろうが！」

「残念ながら害虫の棲《す》む家はまだ浄化が済んでおりませんの」

「なんとか穢《けが》れを祓《はら》おうとわたくし達も努力しているのですが……」

「この間、聖なる煙で追い払おうとしたのですが、効かなかったのかピンピンしていて……」

「こないだ俺の寝室にバ○サン放り込みやがったのはやっぱりテメェらかっ!! やめろ聖女のくせに陰湿な嫌がらせは!!」


言いたい放題やりたい放題の聖女達に、ヨハネスのストレスは溜《た》まる一方だった。

本気で瘴気出そう。


「今、俺が死んだら、絶対にお前らへの復讐心《ふくしゅうしん》を糧に瘴気が噴き出すぞ……」

「望むところですわ!」

「二度と生まれ変われないように完膚《かんぷ》なきまでに浄化し尽くしましょう!」

「そっちの方が手っ取り早くて大歓迎ですわ!」

ヨハネスは頭を抱えて歯ぎしりした。

この聖女ども、いつか目にもの見せてくれる。

暗い誓いを立てながら、ヨハネスは聖女達を追い払って執務に戻ったのだった。

＊＊＊

光あるところに影が生まれる。

王都の貧民地区に差したアルムという小さな光に、影が近づこうとしていた。

「あれが噂《うわさ》の聖女ですかい、兄ぃ」

「おお。弟」

強面《こわもて》の、いかにも脛《すね》に傷持つといった風情《ふぜい》の二人組の男が、ベンチに寝転ぶアルムの様子を建物の陰から窺《うかが》っていた。

「なんでこんなところに聖女がいるのか知らねぇが、聖女ってのは貴族のお嬢様だ。さらえば高値で売れるぜぇ」

『廃公園の聖女』の噂を聞きつけたチンピラ兄弟は、遠目から見てもいかにも華奢《きゃしゃ》で小柄なアルムの姿に舌なめずりをする。一見、容易にさらえそうな獲物に見える。

「しかし、兄ぃ。噂では聖女に近寄ると空にぶっ飛ばされるとか、巨大な木の根が襲ってくるとかいう物騒な話もありますぜぃ」

「おおよ。見た目があぁだからって油断は出来ねぇなぁ」

聖女アルムはベンチに寝転がったままバッグに手を突っ込んで、そこから取り出した煎餅《せんべい》をばりばりかじり始める。

聖女どころか貴族の令嬢とも思えぬだらけぶりだが、腐っても聖女、腐っても貴族。甘く見ては命取りになるやもしれない。

「どうする、兄ぃ」

「まあ、待て。俺に考えがある」

兄貴分は髭《ひげ》を撫でてニヤリと笑った。

「さっきから見ていたが、随分、貧民どもに慕われているようじゃねえか。特に、小さい兄弟と仲良さそうに話していたぜ」

「へぇ。それで、どうするんだい？」

「わかんねぇのかよ、お前は馬鹿《ばか》だなぁ。お貴族様で聖女様だぜ。可哀想《かわいそう》な子供を見捨てられねぇだろうさ」

噂ではアルムは慈愛と博愛の聖女と呼ばれている。それが本当ならば、子供を人質に取ってしまえば、アルムは手も足も出ずに言いなりになるしかなくなるだろう。

兄貴分がそう耳打ちすると、弟分も口角《こうかく》を持ち上げた。

「なるほど！　さすが、兄ぃは頭がいいぜ！」

「ぐふふ。そうだろう」

「じゃあ、早速あのガキどもを……」

「慌てるんじゃねぇよ。今日はもう貧民地区に帰っちまっただろうが。明日、働きに出たところを見張って、隙をついて捕まえるんだよ」

あんな痩《や》せっぽっちの子供二人ぐらい、簡単に捕まえられると、兄弟は笑みを深くした。

「明日が楽しみだぜ」

最後にもう一度、アルムの姿を見て値踏みをして、兄弟はその場を立ち去っていった。

＊＊＊

王や妃など、適当に贅沢《ぜいたく》をさせて飼い殺しにしておけばいい。

必要なのは傀儡にできる駒《こま》だ。有能な第五王子より、軽薄な第一王子の方が操《あやつ》りやすい。

そう思っていたのだが。


「びあんきゃ～！」

「あらあら。どうしましたの？」

「ぷんぷん！」

「まあ。どうしてご機嫌斜めなんですの」

「こんな時間まで僕を放《ほう》っておいたからだよ！」

「ごめんなさい、殿下。お茶会に呼ばれて……」

「夕食は『あーん』して食べさせてくれなきゃ許さないぞ！」

「はいはい。じゃあ食事へ行きましょうか」

「おててつないで～」


第一王子はもう駄目《だめ》だ。使い物にならない。完全にオギャっていて回復は見込めない。

「第五王子に対抗できるのは、後は王弟殿下ぐらいだが……」

妻子を失い、世捨て人のように暮らしている彼を表舞台に引っ張り出すのは難しいだろう。

クレンドールはイライラと舌を打った。

「おのれ、聖女アルム……あやつのせいで第一王子がオギャり第二王子が公共の福祉に目覚めてしまった……」

クレンドールは部下からの報告書を睨みつけた。

「その上、第五王子までが聖女アルムに興味を持っているだと……？」


これまで女性に関心を持つことがなかった堅物の第五王子が、アルムを自分のそばに置きたいと漏《も》らしたというのだ。

「聖女と王子が結ばれるといえば、聖女エリシアと王弟殿下の結婚が思い起こされるな。国民は歓喜するだろうが、有能な王子と聖女の下では政治がやりにくい。綺麗事《きれいごと》ばかりでは国は動かせんのだ」

聖女エリシアは民のためを思い、王弟サミュエルと共に様々な改革を行い人気があったが、それを苦々《にがにが》しく思っていた者も多かったはずだ。

十年前にエリシアが死んだ時、彼女を邪魔《じゃま》に思っていた者による暗殺という噂が立った。

国王が大した調査もせずに事故だと決定してしまったため真相は明らかになっていないが、大いにあり得る話だと思う。

「聖女アルムが王子妃になるのなら、せいぜいエリシアの二の舞にならんように気をつけることだな」

クレンドールはふん、と鼻を鳴らして次の報告書に目を通した。

そこには、第五王子と第七王子が秘密裏に調べている瘴気消失についての事柄が詳細に書かれていた。

「こそこそと動いておるようだが、まだまだだな。青二才どもが」

瘴気が消失する理由はいまだ不明。王子二人をもう少し泳がせて真相を探らせることにする。

もちろん、事態に動きがあればすぐさま対応できるようにしておく。あわよくば手柄を横取りしてやろう。

「さて、次は……『国民の健康寿命を延ばすための意識改革案』……クッソ、第二王子がまともな書類を書いてくるとすごくムカつく。脳筋なら脳筋らしく筋トレだけしてろ！」

クレンドールは苛立《いらだ》ちながらも手元の書類を次々に片づけていった。

＊＊＊

聖女には嫌がらせをされ、好きな子にはウニになられ、異母兄には自分の好きな子のことが気になっていると打ち明けられる。

そんなしんどい毎日にもめげずに執務に励む自分を褒《ほ》めたいと思いながら、ヨハネスは新たな書類を手に取った。

「また小神殿で問題か……クソがっ。ワイオネル様が即位したあかつきには、使えない貴族の坊々《ぼんぼん》神官どもは全員クビにしてやる……」

現国王は政治に興味のない無能な上、貴族の言いなりで頼りにならない。やはり一刻も早くワイオネルに立太子してもらい、政《まつりごと》に関わってもらわなければと、ヨハネスは苦虫を嚙《か》み潰《つぶ》した表情で書類をさばいた。

しかし、ワイオネルのことを考えると、同時に気が重くなる。


（……ワイオネル様が、アルムのことを好き……かもしれない）


断言はしたくない。だって、ワイオネルがアルムに恋していると認めてしまったら、異母弟として、臣下として、ヨハネスはワイオネルに協力しなければならなくなる。

アルムを、ワイオネルのそばに置くための、協力を。

「……なんで、よりによってワイオネル様なんだっ」

ヨハネスは頭を抱えて呻《うめ》いた。他五人の兄弟は全員ろくでなしなのに、どうして唯一《ゆいいつ》ヨハネスよりも器量も能力も勝《まさ》っているワイオネルがアルムを欲するのか。

（この事実があの聖女どもに知られたら……「第五王子相手なら第七王子など手も足も出ませんわね！　ざまぁですわ！　ほほほほ！」とか言いやがりそうだ）

やけにはっきりと想像できて嫌になった。

「あの聖女どもには知られないように……そうだ。アルムの実家は男爵家。身分が低いので正妃《せいひ》にはできない。そもそもアルムは聖女だぞ。寵妃《ちょうひ》になりたいだなんて思うわけがないし。うん」

ひとり机にひじをついてぶつぶつ呟くヨハネスの姿はそれなりに不気味だった。この場面を聖女が目撃していたら、問答無用で光の攻撃魔法を放っただろう。

「一刻も早くアルムを大神殿に戻して……それから、ワイオネル様に身分の高い婚約者をあてがえば……」

他人に聞かれたら眉をひそめられそうな陰湿な計画を呟くヨハネスは、このところアルムのことを考えたり瘴気消失について調べたり聖女達と戦ったりするのに忙しく、他のことに注意を向ける余裕がなかった。


少しずつ、少しずつ王宮と大神殿に迫りつつある闇に、気づいている者は誰もいなかった。

気づいたところで手遅れだ。

憎しみの種は長い年月をかけて膨《ふく》れ上がり、復讐の時を待っている。

それを防ぐことのできる者がいるとすれば、それはただ一人。

そのたった一人は、ヨハネスが頭を抱える大神殿から遠く離れた貧民地区近くの廃公園で、住民達から差し入れられた漬け物のキュウリをかじってパリパリといい音を鳴らしていた。

# 第六章　リモート聖女と害虫退治

お日様の下、ベンチに寝転がってうだうだごろごろしながら「そろそろお昼にしようかなぁ」と考えていると、ガラガラと音を立てて貧民《ひんみん》地区に似つかわしくない馬車がやってきた。

「アルム！」

降りてきたのは美しき聖女達である。

「キサラ様、メルセデス様、ミーガン様。どうかなさいましたか？」

アルムはちょっと警戒した。前に彼女達がここを訪《おとず》れた時には、ヨハネスも姿を現したのだ。

アルムが顔を曇らせたのを見て、キサラが胸を張った。

「大丈夫《だいじょうぶ》。今日は殿下はいらっしゃらないわ」

「殿下の名前でチキンカツ定食三十人前の出前を頼んでおいたから」

「今頃《いまごろ》てんてこまいでしょう」

ふふふ、と花のように微笑《ほほえ》む聖女達だが、やっていることはなかなかえげつない。

まあ、大神殿にはたくさんの職員がいるので処理に困ることはないだろうが、身に覚えのない大量注文にヨハネスはキレていることだろう。

「わたくし達もお昼にしましょう」

三人は結界の外に敷布を敷いて弁当を広げ始めた。

「今日はアルムに聞きたいことがあったのよ」

「私に？」

「ええ。わたくし達では結論が出なくて」

「アルムは十九歳の次期男爵と十五歳の次期伯爵と大金持ちの商会の跡取り、どれが好みかしら？」

「え？」

突然の質問に、アルムは面食らった。質問の意図がわからない。

「害虫からアルムを守ってくれるナイトを探しているのよ」

「やっぱり四つくらい年上の方が頼りがいがあるわよね？」

「いいえ。同い年であってこそ手を取り合って害虫に立ち向かえるというものですわ」

三人の会話にアルムは首を傾《かし》げた。わざわざ次期男爵や次期伯爵に守ってもらわなくとも、アルムは害虫ぐらい自分で退治できるのだが。

害虫がいかにしつこくしぶとく、退治が困難であるか、聖女達が眉根《まゆね》を寄せて話し合っているのを、アルムは「大神殿ってそんなに害虫いたっけ？」と不思議に思いながら眺めていた。

（食事中にする話ではないんじゃあ……？）

「というわけで、アルムの理想の結婚相手を教えてちょうだい」

害虫の話をしていたはずなのに、何故《なぜ》か突然話題が結婚の話にすりかわっている。

「も、申し訳ありません。話題についていけなくて……害虫避《よ》けに魔力を込めたホウ酸団子を作ったけれど、ばらまいておくより直接ぶつけた方が効くような気がして三人で投げつけていたら害虫が怒った。という話から何故、理想の結婚相手の話になるんですか？」

怒った害虫はどうしたのだろう。飛びかかってきたりしたんだろうか。


「新婚家庭が害虫に壊されないように、アルムにふさわしい結婚相手を選ばなきゃいけないからよ」

「新婚家庭が壊れるほど害虫が出るのなら、その家全体を消毒した方がいいんじゃあ……？　もしくは建て直し……」

「まあ、害虫のことはいったん忘れて、結婚相手にするならどんな男性がいい？」

アルムは目をぱちぱち瞬《また》いた。

結婚とか理想の相手とか、そんなこと考えたこともない。そもそも、自分が結婚できるとは思えない。


『お前は聖女になるんだ。その後のことはすべて自分で決めるがいい』

脳裏に異母兄の声が蘇《よみがえ》った。聖女認定を受ける前にそう言われた。

家を出たらもう関係ないと告げられた以上、ダンリーク男爵家との繋《つな》がり目当ての縁談が来てもお断りするしかない。アルムと結婚してもなんのうま味もないのだ。

「私は……結婚はできません。私には何もできないし」

うつむいてそう言うと、キサラ達は顔を見合わせた。

「何もできないって……」

「大神殿ではほとんどの仕事を一人でやらされていましたし、ここでも結界を張ってやりたい放題やってますわよね？」

「これはやはり、ヨハネスクソ野郎殿下のせいでアルムの自己評価が低いんじゃあ……？」

「いいえ。もっと根深い問題な気がするわ」

こそこそと耳打ちし合ってから、キサラが輝かしい笑顔で振り向いた。

「そうね。アルムはまだ若いんだもの。結婚相手を考えるより、まずは自分のやりたいことをやった方がいいわね」

「やりたいこと……？」

アルムは心許《こころもと》ない気分になった。自分のやりたいことと言われても、頭に何も思い浮かばなかったからだ。

思えば、子供の頃は母も使用人もアルムには無関心で、男爵家の別邸でひとりでぼーっとしていることが多かった。

母に捨てられた後は異母兄が本邸に引き取ってくれて教育を与えてくれたし、聖女になってからは大神殿の仕事を覚えたけれど、それは別にアルムがやりたいことではなくて義務だった。

聖女を辞《や》めてからは、ひたすらだらだらしたい、眠りたい、何もかも面倒《めんどう》くさいという気分で生きているが、それは「やりたいこと」ではなく、「もう何もしたくない」という後ろ向きな願望だ。

結界を張ったり畑を作ったり王子を吹っ飛ばしたりするのも、だらだらできる環境を維持するために必要なことであって、アルムの「やりたいこと」ではない。


「……やりたいことも、特にないです。何もできないし……」

「アルムはまだ、自分がやりたいことをやったことがないのね」

キサラが微笑んで言った。

「自分がやりたいと思ったことを、自分の力でやり遂《と》げた時に初めて『できた!』って実感するのよ。だから、アルムが『自分には何もできない』って思い込んでいるのは、まだその実感を得たことがないからなのね」

今までアルムがしてきたことは、アルムの意志ではなく周りの思惑と義務でしかなかった。

だから、アルムには自分のしたいことを「できる」という自信が身についていないのだ、とキサラは言った。

アルムは目を瞬かせた。

「じゃあ、まずは自分のやりたいことをみつけることね」

「やりたいこと……」

「なんでもいいのよ。ゆっくり考えてみるといいわ」

キサラ達はそう言い残して帰っていった。


「自分のやりたいこと、か……」

空を見上げて考えてみるが、何も思い浮かんでこなかった。

自分の空っぽさを実感して、アルムは溜《た》め息《いき》を吐《つ》いた。

＊＊＊

第七王子でもある神官にホウ酸団子をぶつけてくる聖女にいったいどんな令嬢教育を施《ほどこ》したのか、デローワン侯爵家、キャゼルヌ伯爵家、オルランド伯爵家に本気で問いただしてみたいと、ヨハネスはぎりぎり歯ぎしりしながら考えた。

相手の名前で大量の出前を注文するやり口とか、高位貴族令嬢のものとは思えない。誰《だれ》だ、思いついた奴《やつ》は。

「はあ……アルムに会いたい……」

会ったところでウニになられるだけなのだが、それは頭の片隅に追いやって笑顔のアルムを想像する。

実際のアルムは、ヨハネスの前では笑顔など初対面の時に浮かべただけで、その後は顔を曇らせて死んだ目でうつむいていたのだが、ヨハネスの思い浮かべるアルムはいつでも初対面の時のかわいい笑顔なのだ。男の脳内など自分勝手で都合のいいもんである。

「えーと……『夜に空を見上げていたら人が飛んでくるのが見えたのですが』、『聖女に吹っ飛ばされた』、『喧嘩《けんか》していて気づいたら空を飛んでいた』……この辺はアルムの仕業《しわざ》だな……」

大神殿に届けられた民からの陳情《ちんじょう》を読み上げて、神官や聖女の派遣を決定するのも大事な仕事だ。民からの陳情はいったん王宮に集められて、文官の手で振り分けられて大神殿に届けられる。

もしも、瘴気《しょうき》を集めている人間の協力者がいるとしたら、城で書類を振り分ける文官か、大神殿でそれを受け取る従者である可能性が高い。

瘴気が発生した、あるいは発生しそうだという陳情があれば、神官の派遣が決定する前に仲間に伝えることができる。

「内通者がいるとして、どうやってあぶり出せばいいのか……」

ヨハネスは思わず弱音を吐《は》いた。今のヨハネスには癒《いや》しがないのだ。弱音も出るし心も荒《すさ》む。

「はあ～あ……」

重い溜め息を吐きながら、次の書類に手を伸ばした。

「えーと、ふむふむ……今日も瘴気が原因の怪現象や病気の蔓延《まんえん》は報告されていないみたいだな」

生きている人間が瘴気に触れると、体力を奪われ身の内を蝕《むしば》まれ、病気の原因になる場合もある。

それは人から人へ感染し流行することもあるため、瘴気は人に触れる前に浄化《じょうか》しなければならない。

闇《やみ》の魔力を持つ者は瘴気を石や小さな箱などに宿して、それを使って他人を害することがある。

中には瘴気が宿った品を「呪具《じゅぐ》」として売る者もいる。

そのように悪事に手を染《そ》め、瘴気を己《おのれ》のために利用する者を「闇の魔導師」と呼ぶ。神官や聖女の天敵だ。

「集めた瘴気を何に使うつもりなんだ……？　闇の魔導師め」

王都のどこかに潜んでいるはずの敵に対して、ヨハネスは呟《つぶや》いた。

「必ずみつけて、浄化してやる」

今のところなんの被害も報告されていないが、なんとかしてみつけ出して瘴気を集める動機を聞き出さなければならない。


「ことあるごとに光魔法を撃ってきて俺《おれ》を浄化しようとする聖女どももなんとかしたいが……ああ、アルムに癒されたい。ワイオネル様とアルムがこれ以上近づかないようにさりげなく邪魔《じゃま》したい」

思わず本音がこぼれ出た。

「第一王子と第二王子もアルムに会ったようだが、連中は自分にしか興味がないから大丈夫だろう。

第三王子と第四王子は王宮からほとんど出てこないし……第六王子は相変わらずふらふらしてんの

かな。最近顔を見ていねぇからな」

第五王子の他に恋敵《こいがたき》になりそうな王子がいないか思い浮かべるが、自分を脅かすのはやはりワイオネル以外にいない。第一から第四までは警戒する必要もないだろう。

第六王子は異母兄だが、ヨハネスと歳《とし》は同じだ。子供の頃は一緒に遊んだ記憶があるが、いつの頃からかふらっと姿を消すようになった。大きくなるにつれ疎遠になり、もう何年も顔を合わせていない。

王族なんて肉親の情が薄いのが世の常だが、自分の肉親はとりわけそれが顕著だとヨハネスは思う。ヨハネスは自分がアルムへの愛情をなかなか自覚できないまま、そばに置くために酷使してしまったのは、肉親の繋がりが薄かったことも関係あるのではないかと密《ひそ》かに考えた。愛情表現の仕方なんて、誰にも教わらなかった。


「仕事を片づけたら、またアルムに会いに行くか。あの聖女どもを出し抜く方法を考えておかなくては……」

好きな子に会いに行くためには、立ちふさがる聖女達と戦わなくてはならないのだ。「なんでこんな目に」と愚痴《ぐち》っても、周りからは鼻で笑われるばかりで味方がいない。

「はあ……アルム……」

ヨハネスは未練がましく呟いて肩を落とした。

＊＊＊

下働きを終えたヒンドは街の通りで弟のドミを待っていた。

他の家に使い走りに行ったドミがなかなか戻ってこない。

「たく、何やってんだ。あいつ」

さては道草でも食っているのかと、ヒンドは口を尖《とが》らせた。

ドミを待ちながら取り留めのないことを考えていると、脳裏にアルムの姿が思い浮かんだ。

それと同時に、昨日のドミの台詞《せりふ》を思い出して赤面した。

(俺がアルム様と結婚できるわけがないのに、ドミの奴……)


ヒンドはずっと貧民地区で暮らしてきた。

赤ん坊の弟と共にいつの間にかそこにいて、周りから助けられてなんとか生きてきた。

「お前はきっとお貴族様の子だよ」

ヒンドの顔を見ると誰もがそう言った。よくわからないが、自分の容姿は整っているらしい。

貴族なんて見たこともないから、そう言われてもピンとこなかったが、ある時から貧民地区近くの廃公園に居座りだした少女を見て、なるほど自分の周りの人達とは全然違うと感じたものだ。

少女は美しかった。容姿が愛らしいこと以上に、内側から輝かんばかりの清らかな気を発しているようだった。

弟が言うように、まるで天使が舞い降りたようだ。

しかし、その天使のような少女はいつ見てもベンチでだらだら寝転がっていて、王子様のような人達が迎えにきてもその手を取らずに吹っ飛ばしていた。

彼女はこんなところに居るべきじゃないのに、何故迎えを拒《こば》むのだろう。

ヒンドはそう思っていた。


しかし、彼女はいつか、そう遠くないうちに自分達の前からいなくなってしまうだろう。あんな風に誰からも必要とされる存在が、いつまでも廃公園なんかにいてくれるわけがない。

彼女の存在は短い間の夢のようなものだと思っておかないと、去っていかれた時が辛《つら》くなる。


ヒンドはぶんぶん頭を振って、いつかの未来の光景を振り払った。

「……本当に遅いな、ドミの奴。ちょっと見てくるか」

辺りは段々薄暗くなってきていた。ヒンドはドミが使い走りに行った家の方角へ足を向けた。

通行する人の姿もどんどんまばらになっていくが、いくら辺りを見回しても弟の小さい姿は見あたらなかった。

「どこに行ったんだよ……」

「ちょっと君」

心細くなってきたヒンドの前に、不意に男が立ちはだかった。

「迷子の弟が探していたよ。こっちだ」

にこやかに笑っているが、人相の悪さは誤魔化《ごまか》しようがない。ヒンドは怯《おび》えて逃げ出そうとしたが、その前に肩をつかまれてしまった。

「はっ、放せ！」

「弟に会わせてやるって言ってんだろぉ」

無理矢理路地裏《ろじうら》に連れ込まれたヒンドの目に、もう一人の男の腕の中でぐったりする弟の姿が飛び込んできた。

「ドミ⁉」

苦しそうな様子の弟に、ヒンドは青ざめた。

＊＊＊

今日もじきに日が沈む。

西の空へ落ちていく太陽を眺めて、アルムはぼんやりと物思いに耽《ふけ》っていた。

「明日はどうやってだらだらしようかなぁ……」

勤労に励む民に聞かれたら問答無用でどつかれそうな台詞であるが、アルムはここに来るまでにとんでもないブラック労働を強《し》いられてきたのだ。

現在は肉体と精神の回復期間なのである。療養中なのだ。

よって、だらだらする正当な権利がある。

「起きてから考えるかぁ～」

ベンチにごろりと横になろうとした時、薄闇《うすやみ》の帳《とばり》が下り始めた道に黒々とした影が差した。

また誰か来たのか？　と煩《わずら》わしげに目線を動かしたアルムは、目に入った光景に驚いてベンチから立ち上がった。


「ヒンド⁉　ドミ⁉」


二人組の男が、もがくヒンドを捕まえ、ぐったりとして意識のなさそうなドミをぶら下げて立っていた。

「あ……アルム様！」

ヒンドが身をよじって叫《さけ》ぶ。

「アルム様！　ドミを、ドミを助けて！」

「へっへっへっ。聖女様よぉ、このガキどもを助けたければ、俺達の言うことに従ってもらうぜぇ」

男はいかにも悪人といった顔を醜悪に歪《ゆが》めて笑う。アルムはごくりと息を飲んだ。

アルムは基本的に男爵家と大神殿で育ってきた世間知らずである。幼《おさな》い子供を人質に取るような悪者と対峙《たいじ》した経験などなかった。足が震えそうになる。

「……こ、子供達を、放しなさい」

一応、口から言葉を絞り出すが、とうてい男達が怖《お》じ気づくような声音《こわね》ではなかった。声が震えないようにするのが精一杯だ。

「聖女様が一緒に来てくれりゃあ、こいつらは無事に帰してやるぜ」

「そうだそうだ！　兄ぃに従え！」

アルムは目を瞬きながら混乱した。自分にいったい何の用なのだ。何が目的なのだ。アルムにはそれがわからなかった。

「アルム様！　こいつら、アルム様をさらって売るつもりだよ！」

アルムが今の状況を完全に飲み込めていないことに気づいたのか、ヒンドが声を張り上げた。

それで、ようやくアルムも目の前の男達が誘拐目的の犯罪者なのだと理解できた。

「妙な真似《まね》をするんじゃねぇぞ。何かしそうになったらガキを殺すからな」

「――やめてっ！」

アルムは拳《こぶし》を握りしめた。

「やめてほしけりゃこっちに来い！　ゆっくり、一歩ずつだ！」

アルムはとっさに想像した。

木の根を使って男達とヒンドを引き離すのは無理だ。その前にヒンド達に危害を加えられる恐れがある。二人ともがっちり捕まっているので、男達だけ吹っ飛ばすこともできない。

（どうしよう……）

アルム自身は結界から出なければ手出しされない。けれど、それではヒンドとドミがどんな目にあわされるかわからない。

（木の根は駄目《だめ》、吹っ飛ばすのも駄目……だったら！）

アルムはぎゅっと目を閉じて念じた。


「お？　観念したか？　なら、早くこっちに……」

「ホウ酸団子‼」


アルムが叫ぶと同時に、廃公園の隅から大量の拳大の球形の何かが空へ浮かび上がり、男達めがけて降《ふ》り注《そそ》いだ。

「なっ、なんだっ⁉　ふぐっ⁉」

「あ、兄ぃっ⁉　ごふぅっ！」

四方八方から飛んでくる球形の何かが、男達の顔や腹に容赦なくぶつかってくる。ヒンドとドミには絶対に当たらないように、アルムはコントロールに集中する。

拳大の球形の——昼間、キサラ達と話した後にアルムが作っておいたホウ酸団子だ。

しばらく前からキサラ達がやたら害虫を気にしているため、王都ではそんなに害虫が増えているのかと心配になり、ベンチに寝転がったまま指一本動かさずに大量のホウ酸団子を作っておいたのだ。

明日になったら王都中にばらまこうと思って、とりあえず廃公園の隅っこに積み上げて保管しておいた大量のホウ酸団子が、男達を打ち据える。

「ぐがっ！　がはっ！」

「ぎゃふっ！」

次々に襲ってくるホウ酸団子に、さしもの男達もヒンドを捕まえる手を放してしまった。

ヒンドは男達の腕から落ちそうになったドミを奪い返すと、慌てて男達から離れる。

「必殺！　害虫退治！」

ヒンド達が男達から離れた瞬間を見計らって、アルムはトドメの一撃を加えた。

空に浮かんだ巨大な球体――途中で悪ノリして作ってみた超巨大ホウ酸団子を男達の上に落としたのだ。

ずぅぅぅぅんっ！

土煙をあげて、超巨大ホウ酸団子が二人の男を押しつぶした。

「あ、兄ぃ……がくっ」

「弟ぉぉ……ぐふっ」

超巨大ホウ酸団子の下敷きになった男達は呻《うめ》き声を漏《も》らして気絶した。

「ふー……」

アルムはほっと肩の力を抜いた。

気絶した男達からそれでも距離を取ろうとしているのか、ドミを抱えたヒンドが結界ぎりぎりの位置にぴったりとくっついている。

アルムだって怖かったのだ。弟を守らなければならないヒンドは、もっと怖かったに違いない。

弟を抱え、震えながらへたり込んでいる少年の姿に、アルムは逡巡《しゅんじゅん》した。

周りには誰もいない。恐ろしい目にあった子供達に寄り添《そ》ってやれるのは、この場に他に誰もいない。

アルムは「ん〜っ……」と唸《うな》った後で、ためらいつつも結界を解いた。この廃公園に来た日から、寝ている間もずっと張り続けていた結界を。


「……ヒンド、ドミ」

声をかけると、ヒンドが青ざめた顔で振り向いた。

背中にぶつかる感触がなくなったことで見えない壁がなくなっていることに気づいたヒンドが、ドミを抱き直してアルムに駆け寄ってきた。

「アルム様！」

とうとうこらえきれなくなったのか、ぼろぼろ泣き出したヒンドが、地面に座り込んでアルムの法衣《ほうえ》を摑《つか》んですがりついた。

「ドミをっ、ドミを助けてくださいっ……！」

言われて見ると、ドミは眉根を寄せて苦しげに息を吐いていた。

「具合が悪いの？」

アルムも屈《かが》み込んでドミの様子を見た。

「これは……」

一見すると熱病に苦しんでいるように見える。

だが、アルムにはわかった。幼いドミの体の中に、かすかに瘴気の残滓《ざんし》がある。

（どこかで瘴気に触れたのかな？　もしそうなら、他にも病気の人間がたくさん出ているはず……）

キサラ達からは忙しそうな雰囲気《ふんいき》は感じなかったが、と首を傾げつつ、とりあえずアルムはドミの病《やまい》を治すことにした。

「ほっ」

アルムがドミに向かって手をかざすと、淡い光がドミの体を包み込んだ。

ヒンドが目を丸くする。

光が収まると、ドミの呼吸は穏やかなものに変わっており、ほどなく、ぱちりと目を開けた。

「ドミ！」

「兄ちゃん……？」

「大丈夫か？」

「あれぇ？　僕、兄ちゃんのところに戻ろうと思っていたのに、急に気持ち悪くなってきて……それから、どうしたんだろう？」

ドミはこくりと首を傾げた。

「治したから、もう帰っていいよ」

目を白黒させるヒンドに、アルムはなんてことないように言った。

「アルム様は、病も治せるんですか？」

ヒンドは信じられないというようにアルムを見上げた。

アルムが病を治せるのは、ヨハネスに酷使されていた頃に自分の体の不調をちょいちょい治していたからだ。何せ、風邪でも引こうものなら「自己管理ができていない」と叱《しか》られたもので。

「どんな病気でも治せるわけじゃないから、他の人には言わないでね」

不治の病の者が期待して押し寄せてきたら困る。アルムが治せるのは軽い風邪などの感染症や瘴気を原因とした病で、かつ病人に自己治癒《ちゆ》できる体力がある場合だけだ。


ヒンドは何度も何度もお礼を言って、ドミの手を引いて帰っていった。

それを見送ったアルムは、新たに結界を張った後で「さて」と呟いて目を閉じた。

ドミの中にあった瘴気の残滓から、大本の瘴気がどこに発生しているのかを探る。

アルムの脳内に、どこかのお屋敷を訪ねるドミの姿が映像として蘇る。扉を開けた使用人からも、その家の空気からも瘴気を感じる。

(間違いない。ドミはここで瘴気に触れて病気になったんだ)

アルムは目を開けて思案した。

別に放《ほう》っておいてもいい。そのうち聖女か神官が派遣されて収まるだろう。

しかし、それまでにヒンドやドミがまた瘴気に触れて病気になってしまうかもしれない。

アルムは溜め息を吐いて大神殿の方角を向き、目を閉じて心の中で呼びかけた。


『キサラ様……キサラ様……聞こえますか?』


その時、聖女キサラは大神殿の私室で『害虫駆除計画』を練っている最中だった。

突如として頭の中に響いた少女の声に、驚いてペンを落とした。

「アルム?」

『はい。キサラ様……少々お時間よろしいでしょうか?』

キサラはきょろきょろ辺りを見回したが、もちろんアルムは近くにいない。

(これは……いにしえの大聖女が使ったという『思心伝術』?)

伝説の中に存在する術を今まさに体感していることに、キサラは驚愕《きょうがく》した。

伝説の大聖女以外に使える者がいないとされるこの術を、アルムが使えるとは。

いやそれより、アルムがこの術を使って助けを求めねばならないほどの事態が起きているという
ことだろうか。
「アルム？　もしやまた害虫……ヨハネス殿下があなたの元へ行って何か強要しようとしたの？
遠慮はいらないわ。警官隊に突き出してその後はすべて忘れなさい。アルムは何もしなくてもいい。
わたくし達が何もかも証言するわ。どんな手を使ってでも接近禁止令を勝ち取ってみせるわ」
キサラは拳を握りしめた。彼女の脳裏には「勝訴」と書かれた紙を得意げに広げる自分の姿が浮
かんでいた。

『いえ、そうではなく……最近、城下で瘴気が発生したという報告はありますか？』
「瘴気？」
キサラは眉《まゆ》をひそめた。
「いいえ。そのような話は聞いていないわ」
『そうですか。実は貧民地区の子供がとある屋敷で瘴気に触れたようで、どうやらその家で瘴気に
よる病が発生しているようなんです』
キサラは難しい表情になった。
そうした病が発生した場合、通常は王宮へ上げられた陳情が大神殿に回り、それから神官や聖女
が派遣されて瘴気を祓《はら》う儀式や聖女による病人の治癒を行うよう依頼が来る。

キサラは何も聞いていないし、ヨハネスも何も言っていなかった。依頼は来ていないということだ。

「報告が遅れているだけかしら……」

『まだ祓いに行く予定がないのなら、私が祓っておきます。ついでに病人も治しておきます』

「あなたが行くの？」

『いいえ、行きません。遠隔で済ませます』

「遠隔で？」

キサラが問い返すと、アルムはなんてことのないように答える。

『私、以前から城下で流行病《りゅうこうびょう》が起きそうになると、大神殿で働きながら遠隔で治していたので』

「そうなの⁉」

『はい。流行病が広まれば仕事が増えるので……』

これ以上仕事を増やしたくない一心で身につけた遠隔治癒が役に立つと語るアルムに、キサラはこめかみを押さえた。

大神殿での激務に加えて、流行病の発生を防いでいたというアルムの人知れぬ善行に涙が出そうになった。

『つきましては、お願いがあるのですが』

アルムは少し改まった口調になった。

『これからお屋敷の人達を治しにいくのですが、その際に「元聖女」では怪しまれるかもしれないので、辞めた身ですけれど一時的に「聖女」と名乗る許可をいただけないかと』

「それはまったく問題ないけれど……」

むしろアルムなら勝手に「大聖女」と名乗っても許されるのでは？　とキサラは首を傾げた。

「遠隔と言っていたけれど、お屋敷の人にもこうして頭に語りかけるの？」

『いえ。やはり顔を見せないと信用してもらえないと思うので……こう』

突如、キサラの目の前の空間に半透明の箱のようなものが浮かんだと思うと、その箱の表面にアルムの胸から上の姿が映し出された。

『これでいこうかと……リモート聖女です』

「リモート聖女⁉」

なんだか新しい響きである。

『では、また報告にあがります。ごきげんよう』

挨拶《あいさつ》を残して、アルムの姿がふっと消えた。

キサラは何もなくなった空間を眺めて、ふっと溜め息を吐いた。

「酷使したことは許せないけれど、ヨハネス殿下の気持ちも少しわかるわね……」

あれだけの能力を見せつけられては、それを有効に使いたいという欲が湧《わ》いてくるのも無理はない。

ただ、ヨハネスの場合は明らかに度を超えてやり過ぎだった。

「ヨハネス殿下を追い出して、アルムにのんびりと働いてもらうのが一番なのよね〜」

筆頭聖女の心の中で追い出されることが決定しているヨハネス・シャステル（16）。職業神官兼第七王子。

ドンマイ。


一方、キサラへの通信を切ったアルムは、早速病を治しにいこうと考え目を閉じて集中した。

先ほどのドミの記憶を脳内に再現し、瘴気の蔓延《はびこ》るお屋敷を特定する。

「よし」

アルムは先ほどキサラの前でやったように、宙に浮かぶ箱に映る映像として屋敷の主人の前に現れた。

難しい顔で机に向かっていた屋敷の主人は、突然空中に現れた少女の顔に文字通り腰を抜かした。

「ゆっ、幽霊……っ！」

『違います。リモート聖女です』

「リモート聖女!?」

聞き覚えのない言葉に動揺する主人にかまわず、アルムは早速本題に入った。

『この家で病が出ているでしょう？』

「なっ、何故それをっ……おのれ、もののけめ！」

『もののけじゃありません。「リモート聖女」です』

言いながら、アルムは瘴気の大本を探った。

それは程なくみつかった。お屋敷の客間のソファの下に、小指の爪《つめ》ほどの小さな石が落ちており、そこから瘴気が発されている。

（誰かが瘴気の宿った石をそこへ置いた？　商売敵の嫌がらせとかかな？）

瘴気が宿った物を使って気に入らない相手を病気にさせたり事故にあわせたりするのは、もちろん犯罪だがそう珍しいことでもない。

この家に蔓延した瘴気も、誰かが悪意を持って持ち込んできたのだろう。

だが、そこまではアルムは興味がないし関《かか》わる気もない。アルムはただ病を治すだけだ。

『お願いがあるのですが、この家の病人をすべて一つの部屋に集めてもらえますか？』

腰を抜かしたままの主人は、アルムを見上げて怪訝《けげん》な表情を浮かべた。

突如現れたリモート聖女を名乗る者の指示により、病人が一部屋に集められた。

皆、何が起きるのかと不安そうにしていたが、空中に見覚えのない少女の姿が浮かんでいるのを見ると、熱で朦朧《もうろう》とした人々は「天使がお迎えに来た」と思い込んで口々に「ありがたや〜」と拝み出した。

「リモート聖女とやら。病人を集めて何をするつもりだ？」

屋敷の主人がアルム@リモート中に尋ねる。

『そうですね。とりあえず……これだけ病人が出ていますが、王宮に報告はしていないのですか？』

大神殿で把握していなかったということは、陳情が届いていないということだ。

だが、屋敷の主人は悔《くや》しそうにかぶりを振った。

「馬鹿《ばか》な！　二、三人倒れた時点ですぐに報告したさ！　うちから流行病を出したなんてことになったら近所の連中に顔向けできん。なのに、王宮からも大神殿からもなんの音沙汰《おとさた》もない。病人は増える一方だ。医者には診てもらったが薬も効かないし、隔離して何とか家の外に出ないようにしているが、通いの使用人もいるし、いつ何時他の家で病人が出るか……」

屋敷の主人は概《おおむ》ね正しい対応をしていた。それなのに、王宮からも大神殿からも助けが来ないので途方に暮れていたのだ。

『なるほど、そうでしたか。では、とりあえず全員治しますね』

アルム@リモート中がこともなげに言い、次の瞬間、部屋中に柔らかい光が広がった。

「おお……」

「天使様が魂を天に運んでくださるのか……」

「なんだ、この光は……」

「こんな俺でも天国へ行けるのか……」


一部何か勘違いしていたが、光に包まれた病人達は一瞬で体が軽くなり、楽になるのを感じた。

『はい。これで治りました』

「な、治ったのか？」

屋敷の主人は驚愕した。ずっと寝込んでいた重病人が寝台に身を起こして「あれ？　天国じゃない」と不思議がっている。

『では、私はこれで』

「ま、待ってくれ！」

屋敷の主人は引き留めたが、空中に浮かんでいた少女の姿はすっと消えてしまう。

「我々は……奇跡を目にしたのか……？」

聖女アルムが去った後の空間を、病から救われた病人達はいつまでも拝んでいた。


「うーん……」

リモートを終えたアルムは首をひねった。

あの屋敷の周りで病気になっていたり、症状は出ていなくても瘴気に触れていた人間もついでに治しておいたので瘴気による病が広がる心配はなくなったが、大神殿に報告がなくキサラが何も知らない様子だったのがやはり気になる。

「何かの手違いかなぁ？　まあ、もう治したんだからどうでもいいか」

アルムはふわぁ～と欠伸《あくび》をしてベンチに寝転がった。

# 第七章　真相と決着

本日の大神殿の一角では、華やかな茶会が催《もよお》されていた。

「うふふ。そうなのよ」

「あの時は驚きましたわ」

「それからこんなことも～」

庭から聖女達の華やいだ声が聞こえてくる。

自分への攻撃をやめて普通にしていてくれれば、まともな令嬢に見えるんだがなぁと思いながら、ヨハネスは何気なくそちらへ目を向けた。

バラ園の一角で、三人の聖女が微笑《ほほえ》みあっている。

そうして、その三人の聖女の囲む真ん中あたりの空間に箱のようなものが浮かび、胸から上だけのアルムの姿が映し出されていた。

「おいこらぁっ⁉」

『ぴゃっ』

ヨハネスが茶会に乱入すると、アルムは小さく悲鳴をあげてその姿がぽんっと消えた。

「嫌ですわ殿下。淑女《しゅくじょ》の茶会に乱入するなど……」

「野蛮《やばん》な振る舞いですわ」

「せっかくの茶会が台無しですわ」

「やかましいっ!!　なんだ今のは!?　なんでアルムがいた!?」

廃公園のベンチに座っているはずのアルムが何故《なぜ》、大神殿の茶会に参加していたのか、ヨハネスはキサラ達に納得のいく答えを要求した。


「リモート聖女会議ですわ」

「リモート聖女会議!?」

なんだか新しい響きである。


「アルムは離れている相手とも会話できるのか？」

「ヨハネス殿下とは無理ですわ」

「顔を見ただけで逃げちゃいましたものね」

「ざまぁですわ」

「やかましいっ!!」

ヨハネスは肩でぜいぜい息を吐《つ》いた。

「あくそっ……リモート聖女会議のことは後でじっくり説明してもらうとして。まずはこないだの瘴気《しょうき》による病《やまい》の件で……」

ヨハネスは息を整えながらも書類を取り出して説明を始めようとしたが、その前に従者に声をかけられた。

「ヨハネス殿下。王弟殿下がお会いしたいとお越しになっております」

ヨハネスは首を傾《かし》げた。

叔父《おじ》が大神殿にやってくるとは、いったい何があったのだろう。


「チッ。後でまたリモート聖女会議のことを聞きに来るからな！」

王弟を待たせるわけにはいかない。ヨハネスは聖女達を一喝《いっかつ》してから来客を迎える部屋へ向かった。

「叔父上、どうしたのです？」

椅子《いす》に座りもせずに静かに立っていたサミュエルに駆け寄った時だった。

不意に、ヨハネスの視界がぐらりと傾《かし》いで、体の奥から不快感と吐《は》き気がこみ上げてきた。

「ぐっ……？」

ヨハネスは床に手をついて呻《うめ》いた。

周囲にいた聖騎士達もヨハネス同様、苦しげに呻いていた。

「この日を待っていたんだ」

一人だけ平然とその場に立っているサミュエルが、苦しむヨハネスを見下ろして言った。


「叔父上……?」

「城下での実験はうまくいった。王宮を飲み込み、大神殿の者達を抑えられるぐらいの瘴気も、この十年間で蓄《たくわ》えることができたよ」

「何をっ……」

サミュエルは窓辺に近寄ると、王宮の方角へ目をやった。ヨハネスもそちらへ視線を動かすと、王宮が瘴気に包まれているのが見えた。

サミュエルは王宮を包む瘴気をみつめて、うっとりと微笑んだ。

その表情に、ヨハネスはにわかに不安に駆られた。

何故、瘴気が王宮を包むのを、そんなに穏やかな目で、嬉《うれ》しそうに——まるで愛《いと》しい者をみつめるような目で見ているのか。


「叔父上、何を……?」

「ああ……エリシア……」

サミュエルは陶然《とうぜん》と呟《つぶや》いた。

「ようやく、私達の願いが叶《かな》うよ、エリシア。さあ、飲み込んでしまえ。君と私達の子供を殺した愚《おろ》かなる者どもに報復を！」

サミュエルのその声に応《こた》えるように、王宮を包む瘴気がいっそう濃度を増した。

ヨハネスは混乱した。

いったい何が起きているのだ。

何故、王宮が瘴気に包まれているのか。何故、サミュエルがその瘴気を「エリシア」と呼ぶのか。

聖女エリシアは王弟サミュエルの妃《きさき》となり、二人の子を設けた。だが、十年前に火事で子供達もろとも命を落とした。

不慮《ふりょ》の事故での無念の死。

確かに、瘴気が発生してもおかしくはないが、命を落としたのはあの聖女エリシアだ。誰《だれ》に対しても慈愛をもって接した聖女の中の聖女。

彼女が瘴気を発生させたとは考えがたいし、清めの儀式もしっかりと行われた。

「今頃《いまごろ》、王宮の人間は全員倒れている。国王と妃達には特にひどい苦しみを与えるように頼んである。いい気味だ。大神殿の者に恨《うら》みはないが、あの連中がもがき苦しんで死ぬ前に瘴気を浄化《じょうか》されては困るからな。少しの間、辛抱してくれ」

「叔父上？　何を、言っているのです……？　いつもの、叔父上じゃない。まさか、何かに取り憑《つ》かれて……」

ヨハネスは喉《のど》をつかえさせながらもサミュエルに訴えた。だが、サミュエルはヨハネスを見もせずに笑い声をあげた。

「まだわからないのか？　私は王宮からも大神殿からも離れて、あの連中に復讐《ふくしゅう》するために生きてきたんだ！」

「どうして……」

「私のエリシアと子供達を殺したのが、お前達の父と母だからだ！」

ヨハネスは声をなくし、目を見開いた。

＊＊＊

「ふう……第七王子が出没するなんて、大神殿はやはり物騒だなぁ」

リモートを終えたアルムは額の汗を拭って息を吐いた。危なかった。あれ以上第七王子の姿が視界に入っていたら吐いていたかもしれない。第七王子は共演ＮＧです。

「さて、昼寝でもするか」

アルムはいつものようにベンチへごろりと寝転がった。

そこへ、一人の青年が廃公園の前に姿を現した。

「アルム」

第五王子、ワイオネルである。

アルムはちょっと警戒した。何せ、この前は腹立ちまぎれに王宮まで吹っ飛ばしてしまった相手なので。

「この前は悪かった。いきなり部屋を与えるなどと言うべきではなかった」

反省したらしく、ワイオネルが謝罪を口にする。

「その前にお前をどこかの高位貴族の養子にしてもらおう。そうすれば結婚できる。アルム、俺《おれ》の妻となり、この国を支えてくれ」

反省していなかった。グレードアップしてきた。

「アルム。慈悲深く勇敢なお前はこの国の王妃となるにふさわしく……」

何か言いかけたワイオネルの言葉を皆まで聞かず、アルムは彼を王宮の方角へさっと腕を一振りして吹っ飛ばした。

出会って間もないのにいきなり結婚を匂《にお》わせてくる男は間違いなく詐欺師《さぎし》かすけこましだから速《すみ》やかに仕留めろと、マチルダ夫人に教わった。すけこましの意味は「まだ早い」と教えてもらえなかったが。

だが、吹っ飛ばしたワイオネルを目で追って王宮の方角を見たアルムは、大量の瘴気が王宮を包んでいるのを目にして唖然《あぜん》とした。

「これはいったい……」

慌ててワイオネルの軌道を少しずらして、王宮ではなく大神殿に着地するように調整する。

アルムは目を閉じて念じ、再びリモートで大神殿を見られるようにした。

聖騎士達が床に倒れて苦しんでいるのが見える。さらに、キサラ達聖女も具合が悪そうに座り込んでいる。

アルムはすぐに、この間の瘴気による病と同じだと気づいた。

しかし、先ほどまで元気にお茶を飲んでいたのに、突然全員が病に倒れるのは不自然だ。よっぽど強力な瘴気でなければそんなことは起こりえないし、そんな瘴気が突然発生することもありえない。

『キサラ様、キサラ様、何があったのですか？』

「あ……アルム……」

リモートアルムに気づいたキサラが、苦しげに眉根《まゆね》を寄せながら口を開いた。

「それが、わからないの。突然、皆が苦しみ出して……」

『わかりました。とりあえず治しますね』

言うが早いが、アルムが軽く手を動かすだけで、遠く離れた大神殿の聖女達は即座に回復した。

「ありがとう、アルム」

『キサラ様、大神殿よりも王宮の方が危険な状況なのですけれど』

あれだけの瘴気に包まれていては、中にいる人間は長くは保《も》たない。すぐに助けにいかなければ。

『私、ちょっと様子を見てきます』

「待ってアルム。わたくしも行くわ」

キサラがしっかりした足取りで立ち上がった。

「わたくしは何度も王宮へあがっているから、案内ぐらいできるわ。それに、アルム一人になんでも押しつけるのはもうやめたの」

キサラがそう言うと、メルセデスとミーガンも力強く頷《うなず》いた。

「では、わたくし達は大神殿内で倒れている方々の治癒《ちゆ》をします」

「アルムみたいに一瞬でとはいきませんけれど」

二人は倒れた聖騎士に駆け寄って、治癒の光魔法をかけ始める。

「わたくし達も行きましょう」

キサラに促《うなが》され、アルムはリモート状態でふよふよとついていった。


「エリシアを殺したのが、俺達の父と母とはどういう意味です？」

ヨハネスは苦しい息を吐きながら尋ねた。

「だから、そのままの意味だよ。国王と王妃と、側妃《そくひ》達が共謀して王弟宮に火をつけて、エリシアと子供達を殺した。私は死なない程度の毒を盛られて、治療の名目で王宮に運ばれたため無事だった」

サミュエルが悔《くや》しそうに唇を噛《か》んだ。

「目覚めた時には、なにもかも手遅れだった……」

サミュエルが言う。

彼が語るのはヨハネスには信じがたい内容だった。

「そんな馬鹿《ばか》な。王弟に毒を盛ってまでして、両陛下と側妃達がエリシアを殺したかったとでもいうのですか？」

「そうさ。ちゃんと動機はあるよ」

サミュエルが前髪を掻き上げて言った。

「動機ですって？」

「教えてやろうか？　まずは……」

サミュエルが動機を説明しようとした。

まさにその時、窓の外の地面に、空から振ってきたワイオネルが落下した。


「何だ⁉」

驚いたサミュエルが窓から身を乗り出すと、ワイオネルがよろよろと身を起こした。

「いてて……」

「ワイオネル様！　アルムですか？」

「ああ。アルムだ」

サミュエルの横からヨハネスが口を出すと、ワイオネルは頷いて立ち上がった。

「腰を打った……サミュエル様？　何故、大神殿に」

腰をさすりながら怪訝《けげん》な顔をするワイオネルに、サミュエルは嘲《あざけ》りの笑みを浮かべる。

「ふん、まあいい。お前もそこで聞くがいい」

サミュエルは滔々《とうとう》と語り出した。


王宮の中は瘴気が充満して真《ま》っ暗《くら》だった。

アルムはリモートで、キサラは自分の周りに結界を張って、瘴気に触れないように奥へ進んだ。

『瘴気が一番濃いのはこっちですね』

「この先は謁見《えっけん》の間よ」

普段なら護衛騎士が守っているはずの謁見の間の扉が開け放たれている。

アルム@リモート中とキサラは慎重に足を踏み入れた。

謁見の間、空の玉座《ぎょくざ》の前に、一人の黒髪の少年が立っていた。

少年は黒い大きな石を手に載せていて、その石から瘴気が噴き出している。

あまりに禍々《まがまが》しい気配にアルムが眉《まゆ》をひそめた時、少年が振り向いた。

「……あれ？　お前は」

目を丸くする少年の顔を見たアルムは思わず叫《さけ》んだ。

「聖女アルムか。なんでここに……どうなってんだ、それ？」

『あの時の十六歳っ⁉』

ヒンドを追いかけていたあの時の少年が、リモート中のアルムを見て眉をひそめた。

「ここにはいない人間の姿を空中に映しだしているのか？　光魔法ってそんなこともできるのか」

少年は向きを変え、ゆっくりとアルム達に歩み寄ってきた。

「フォルズ殿下⁉」

少年の顔をはっきりと目にしたキサラが驚愕《きょうがく》の声をあげた。

『キサラ様、知り合いですか？』

「フォルズ殿下よ。第六王子の」

『王子⁉』

十六歳で王子だなんて、アルムのもっとも苦手な存在だ。

「そう。俺の名前はフォルズ・シャステルだ。よろしくな、聖女様」

にこりと笑うフォルズの手には、瘴気を噴き出す魔石が載っている。

これだけの瘴気にさらされているというのに、フォルズ自身は瘴気の影響を少しも受けていないようだ。普通の人間なら、これほど大量の瘴気を浴びて生きていられるはずがない。

『その瘴気をばらまいているのはあなたですね？』

アルムが口にすると、フォルズは不敵に口角《こうかく》を上げた。

聞いたことがある。闇《やみ》の魔力を持つ者の中には、瘴気の影響を全く受けることなく瘴気を呼び寄せて自在に操《あやつ》ることのできる者がいると。

「そんな……フォルズ殿下が闇の魔導師だったなんて」

キサラの動揺した声を聞くと、フォルズは口を尖《とが》らせた。

「ちょっと瘴気が操れるぐらいで、悪役扱いしないでもらいたいね。こんな体質に生まれて、俺だって悩んだんだ」

同い年の兄弟なのに、異母弟のヨハネスは光の魔力を持って生まれてきた。だから余計に、闇の魔力を持つことを誰にも相談できなかった。光の魔力を持つヨハネスがちやほやされるのを見る度に、闇の魔力を持つ自分は迫害されるのではないかと不安になったと、フォルズは語った。

「誰にも言えなかった……でも、エリシアだけが俺の様子がおかしいのに気づいて助けてくれた。魔力の使い方を教えてくれて……おかげでどうにか瘴気を操る術を身につけて、今まで生きてこられたよ。だから……これは恩返しでもある」

フォルズは遠くを見るように目を細めた。

「十年前、エリシアが死んだ後。清めの儀式が行われる前に現場に駆けつけて、生まれた瘴気を集めて叔父上に渡したんだ」

「なっ……」

「叔父上は復讐のためにエリシアの瘴気を大きく育てることにした。当然だよな。叔父上には復讐する権利がある」

「どういうことです？」

キサラの問いに、フォルズは答えなかった。代わりに、アルムを見て尋ねた。

「そういや、聖女アルム。聞きたいことがある。あの金髪の子供はどうしてる？」

『やはり変質者……』

「違う！　あの子供は似て……チッ、まあいい。これが終わってから確かめればいい」

フォルズの呟きを聞いて、アルムは背筋をぞっとさせた。

（ヒンドが危ない！）

世間知らずのアルムだが、子供を狙《ねら》う変質者は手加減せずに叩《たた》きのめさなければならないということは知っている。マチルダ夫人の教えだ。

「さて。そろそろ終わりにしよう」

『待ちなさいっ！』

アルムは立ち去ろうときびすを返しかけたフォルズを呼び止めた。

十六歳で王子で、しかも子供を狙う変質者をこのまま見逃すわけにはいかない。アルムはきっとフォルズを睨《にら》みつけた。

『キサラ様。ここは私に任せて、大神殿へ戻ってヨハネス殿下にこのことを知らせてください』

「アルム。でも……」

『変質者は私がやっつけます！』

「……わかったわ」

キサラはアルムとフォルズを見比べて逡巡《しゅんじゅん》していたが、やがて決意の表情を浮かべて謁見の間を走り出ていった。

「だから、変質者じゃないって……無駄《むだ》だ。十年間集め続けた瘴気を、お前一人でどうにかできるわけがないだろ」

『それは……やってみなければわからないです！』

叫ぶと同時に、アルムは目を閉じて集中した。

そして、眩《まばゆ》い光が辺りを包み込んだ。

＊＊＊

「エリシアは皆から愛されていた。多くの人を救い、誰からも敬愛されていた……」

サミュエルは目を細めて語った。

「私は幼《おさな》い頃から兄より優秀だと言われていた。私とエリシアが結ばれることを、兄は喜ばなかった」

ただでさえ人望のある王弟と民衆からの尊敬を集める聖女エリシアの結婚は、国中から言祝《ことほ》がれた。

国王と王妃はそれがおもしろくなかった。


「その嫉妬《しっと》の感情を利用したのが、第二妃だ」

絶世の美貌と詠《うた》われた第二妃ルディオミールは、四人の王子を生んだ後も美しさを保ったままだった。国王は美しき妃に異常に執着していた。

ただし、彼女は無理矢理召し上げられたため王への愛はなく、常に冷たい態度を崩さず、第四王子を産んだ後からは病と称して王の褥《しとね》に侍《はべ》ることを拒絶していた。

王を拒《こば》んでも後宮からは出られない。解放されない。鬱屈《うっくつ》した彼女には、幸せそうな王弟一家が目障《めざわ》りだった。

王弟は優秀で、聖女エリシアは民から愛されている。その子供達が大きくなれば、きっと皆「彼らに王になってもらいたい」と思うだろう。という囁《ささや》きを、上手《うま》く立ち回って国王と王妃の耳に届けた。

「愚かな国王と王妃は、自分達の立場が奪われるのではないかと疑心暗鬼《ぎしんあんき》を生じさせた。そして、その不安要素を排除することにしたのさ」

サミュエルの言葉に、ヨハネスとワイオネルは息を飲んだ。

まさかそんな、と言いたくなるが、国王が愚かなのも妃達との間に愛がないのも事実だ。


「王妃に命じられて、第三妃カディリナと第四妃サリサが王弟宮に火をつけた」

カディリナは少女の頃、聖女として大神殿で働いていた。

聖女に選ばれたことを誇りに思い、懸命に国に尽くしていた。

だが、一年後にエリシアが大神殿にやってくると、周りは皆彼女に夢中になってしまった。神官も聖騎士も国民も、エリシアばかりを褒《ほ》めたたえた。カディリナがどんなに頑張《がんば》っても、エリシアには及ばなかった。

さらに、エリシアは王弟に選ばれて王弟妃となった。

優秀な弟が聖女を妻としたことに対抗心を燃やしたのか、国王から後宮へ上がるように命じられ、カディリナは半ば無理矢理に第三妃にされた。

すべてエリシアのせいだ。

エリシアへの恨みと憎しみは、カディリナの中でくすぶり続けていた。

第四妃サリサは母親が王太后《おうたいごう》と友人だったこともあり、幼い頃から歳《とし》の近いサミュエルとたびたび顔を合わせていた。お茶会で話し相手を務めたこともあり、幼い頃の彼女は自分が王弟妃になるのだと信じていた。

だが、サミュエルはエリシアと結ばれ、サリサ自身は国王に目をつけられ第四妃として召し出された。

国王はサミュエルもエリシアもろとも焼き殺すつもりだったが、それを察知したサリサが事前に王宮へ呼び出したサミュエルに死なない程度の毒を飲ませた。


「まさか、そんなことが……」

ワイオネルが呻いた。

「信じてもらえなくてもいいさ。ただ、私は王と妃達を許さない」

サミュエルは窓の外を見た。王宮を包む強大な瘴気を愛しげにみつめる。

「さて。私ももう行くよ。お前達に話したのは父と母の罪を知っておいてほしかったからだ」

「どこへ行く気です?」

「王宮へ」

サミュエルは窓から離れて歩き出した。

「この復讐を果たしたら、もう思い残すことはない。私はエリシアに包まれて眠るんだ」

サミュエルは瘴気の充満した王宮を最期《さいご》の場所にすると決めていた。


「待てっ……」

ワイオネルが腰の剣に手をかけてサミュエルを制止しようとする。

その時、辺りが明るい光に包まれた。

「何⁉」

強い陽光に包まれたかのような明るさに一瞬戸惑ったヨハネスだが、光に包まれた瞬間、あれほど具合の悪かった体調がけろりと治っていることに気づいた。

ヨハネスには、その温かく柔らかな感覚に覚えがあった。

（アルムの気配がする……）

この光はきっとアルムの力だと、ヨハネスは確信した。

「どうなっている⁉」

サミュエルが窓に駆け寄り、外を見て吠《ほ》える。王宮を包んでいた禍々しい瘴気が嘘《うそ》のように消え去り、青空が広がっていた。

ヨハネスはにやりと笑った。

「瘴気はすべて消えたみたいですね」

「馬鹿な……っ、十年間蓄えた瘴気だぞ。あの子が頑張って集めてくれたんだ……そう簡単に消されるわけが……」

うろたえるサミュエルの眼前に、ワイオネルが抜き身の剣を突きつけた。ヨハネスは立ち上がり、周囲の聖騎士達も次々に起き上がる。

「お前達！　王弟サミュエルを捕《と》らえろ！」

ワイオネルの声が響き、聖騎士達がサミュエルを拘束した。

「くっ……何故だ？　瘴気にやられて全員動けないはずなのに……」

押さえつけられたサミュエルが悔しげに呻く。

「叔父上。あなたは俺のアルムがどれだけすごい聖女なのか知らなかった。その計算違いが、あなたの敗因です」

ヨハネスは愛しい少女の面影《おもかげ》を思い浮かべて、ふっと微笑みを浮かべた。

「はっ！」

そのヨハネスの後頭部に、聖女キサラが放《はな》った光の攻撃魔法が直撃した。

「何すんだコラッ！」

「あら、いやですわ。つい……」

「俺のアルムとか言ってますわよ」

「なんて図々《ずうずう》しい」

通常運転の聖女三人に、ヨハネスは「攻撃する相手が違うだろう！」と憤《いきどお》った。

＊＊＊

王宮を包んでいた瘴気は跡形もなく消え、中にいた者達の無事も確認された。国王と妃達はかなり衰弱《すいじゃく》していたようだが、命に別状はないという。

「動機はよくわかった。貴様が語ったことが真実ならば、相手が誰であろうと然《しか》るべき裁《さば》きを受けさせよう。だが、貴様が罪のない者まで巻き込んだことは、どんな理由があろうと許されない」

ワイオネルが厳しい顔つきで告げると、サミュエルは項垂《うなだ》れつつもしっかり頷いた。

王弟を捕らえたことはまだ王宮に知らせていない。現在はワイオネル、ヨハネス、筆頭聖女キサラ、リモート聖女アルムのみで大神殿の中で取り調べを行っている。

ちなみに、リモートアルムはヨハネスの姿が見えないようにきちんと角度を調整しているので心配しないでもらいたい。今は吐いている場合ではない。

ついでに、サミュエルの横には気絶した第六王子フォルズが転がっている。変質者を無力化しなければと考えたアルムによって、これでもかというぐらい徹底的に浄化の光を浴びせられた衝撃でばったり倒れてしまったのだ。しばらくは闇の魔力は使えないだろう。

「まさか、王弟殿下がこんな……」

『思った以上にどろどろしていますね、この王族』

真実に息を飲むキサラの横で、リモートアルムはおやつをぱりぱり食べながら感想を述べた。お行儀《ぎょうぎ》が悪いが、力の使いすぎでお腹《なか》が減ったのだ。

泥沼の復讐劇の顛末《てんまつ》を他人事のように聞いていたアルムだが、先ほどから少し気になることがあった。

（うーん……うん……？）

王弟サミュエルは、とてもこんな復讐劇をやらかしたとは思えないほど柔和《にゅうわ》で優しげな、それでいて高貴な顔立ちをしている。

アルムは首を傾げながら、気絶して転がっている第六王子を見た。

（変質者はヒンドを追いかけていた……顔をよく見たいと言って。それから、年齢も知りたがっていた。ヒンドが誰かに似ているって……）

『あのう、王弟殿下。ちょっとお尋ねしますが、エリシア様は金髪に青い目の美人でしたでしょうか？』

アルムは思い切って訊《き》いてみた。

「あ、ああ……そうだが」

『十年前にエリシア様と共に焼け死んだというお子様達は、おいくつでしたか？』

「ああ……骨も残らずに焼けてしまったんだ。まだ二歳だったヒンドリーと、生まれたばかりだったドミトリーが……」

悲愴《ひそう》な表情で肩を落として嘆《なげ》くサミュエル。

『ヒンドリーとドミトリー……ちょっと失礼』

アルムはいったんリモートを解除した。


ヒンドとドミの兄弟は今日も仲良く水汲《みずく》みをしていた。

井戸が復活して遠くに行く必要はなくなったとはいえ、重い水を運ぶのは重労働だ。

ようやく水汲みを終えて、二人が「ふーっ」と息を吐いた時、青空から大きな木の根が襲来して、子供二人をくるくると巻き取ると、ひゅんっと音を立てて空の彼方《かなた》へ戻っていってしまった。

一部始終を目撃していた貧民地区の住民達は、「ああ、アルムちゃんか」と思っただけで、誰も驚いていなかった。


『いきなりなんですけど、この二人を見てもらえませんか?』

いったんいなくなったリモート聖女が再び現れたかと思うと、大神殿に木の根に巻かれた少年が二人、出現した。

何が起きたのかわからずぱちくりと目を瞬《またた》かせる少年達と同様に、その場にいたヨハネス達も目を丸くした。

しかし、ヒンドの顔を真正面から目にしたサミュエルがはっと息を飲む音が聞こえた。

「……エリシアに、うりふたつだ」

驚愕するサミュエルの声に、ヨハネスも少年達に目を凝らした。

確かに、大きい方の子供は大神殿の歴史資料室に残されている聖女エリシアの肖像画に似ている。

それから、小さい方の子供は、目の前にいる王弟サミュエルにそっくりだった。


『大きい方が兄のヒンドで十二歳、小さい方が弟のドミで十歳です』

「なんだって……っ」

サミュエルの声が震えた。

「まだ自分の名前がうまく言えなくて、ヒンドリーは自分のことを「ヒンド」、弟を「ドミ」と呼んでいたんだ……」

『二人は気がついたら貧民地区にいて、ずっとそこで育ってきたそうです。おそらくですが、エリシア様は火に囲まれた状況でご自分の身を守るのではなく、お子様達を遠くへ逃がすために聖女の力を使ったのではないかと……』

アルムが想像を述べると、サミュエルが泣き崩れた。

号泣する大人の男を見て、ヒンドとドミはひたすら不思議そうに首を傾げていた。

# 第八章
# 元聖女の居場所

サミュエルの供述により、王宮内部の協力者はすべて捕《と》らえられた。

彼らは城下にも潜んで、瘴気《しょうき》が人体に与える影響を実験していたらしい。アルムが治した病人の家がそれだった。

瘴気を操《あやつ》る力を持つ第六王子は、恩人であるエリシアの死後はずっとサミュエルの復讐《ふくしゅう》に協力していたという。

サミュエルに協力していた者は、皆生前のエリシアに救われ彼女を慕《した》っていた者達だった。

とりあえず王弟サミュエルはワイオネルの監視下で軟禁《なんきん》となった。

事情を説明されたヒンドとドミは驚いていたが、ワイオネルの好意で時々サミュエルに会えることになったという。

「二人とも貧民《ひんみん》地区を出て、信用のおける者の家に預けた。十年前の真実も調べているが、結果によっては、第三妃と第四妃は王弟宮に火をつけた罪で裁かれることになるかもしれない」

ワイオネルは沈痛な面持《おもも》ちでそう言った。

「第二妃については直接手を汚していないし、国王と王妃を扇動したという証拠もない。裁《さば》きを受けさせるのは難しいかもしれないが、犯《おか》した罪が事実であれば相応の対処はするつもりだ」

ずっと調べていた瘴気消失の真相が判明したというのに、気分は晴れない。

この国の王侯貴族はクズだと常々思っていたが、国王と妃達《きさき》は漏《も》れなく最低な人間だった。七人も兄弟がいるというのに、誰《だれ》か一人の母親ぐらい、慈愛に満ちた人物であってくれたら……いや、ごく普通の正義感を持ち合わせてくれていたら。そう思わずにいられない。


「国王と王妃には、『病気』で退《しりぞ》いてもらうことになるかもしれないな」

重い口調でそう告げて、ワイオネルは去っていった。

ヨハネスは執務室の椅子《いす》に座り込んで脱力した。

国王の退位はそう遠い日ではないだろう。

ワイオネルが即位する日が近づいている。


「はあ～あ……」

椅子がぎしりと軋《きし》んだ。重い溜《た》め息《いき》の理由はアルムだ。

あの後、王宮と大神殿を襲った瘴気をたちどころに祓《はら》った聖女として、王都ではアルムの人気がうなぎ登りだ。

どれくらいかっていうと、「聖女アルム様こそワイオネル殿下の妃《きさき》にふさわしい！」って皆が口にするくらい。

「ぐぐ……アルムのすごさに最初に気づいたのは俺《おれ》なのに〜……」

アルムは相変わらず廃公園のベンチでだらだら過ごしているが、王宮と大神殿でのアルム人気は日々高まっている。このままだと本当にワイオネルの正妃《せいひ》になってしまうかもしれない。

「ワイオネル様も乗り気っぽいんだよ……今回のことがあったから余計に『やはり妃に迎えるのは慈愛の心を持つ清らかな者でなくてはな』とか言ってた。聖女のアルムと結婚したがっているんじゃあないだろうか……ああ……アルムの力を誰よりも理解しているのは俺だぞ！　俺は初めて会った時からアルムを見ていた！　アルムは誰にも渡さないっ！」

「よこしまな気配！」


思いの丈《たけ》を叫《さけ》んだ途端に、筆頭聖女に聖水をかけられた。だが、これまで様々な試練という名の嫌がらせを受けてきたヨハネスは、もはやそれぐらいでは動じない。

「アルム……アルム、アルム、アルムが必要なんだ。俺には……くそぉぉぉっ何故《なぜ》アルムがここにいないんだぁぁっ」

ヨハネスは頭を抱えて呻《うめ》いた。

「まあ……なんて見苦しい……」

「うるさい！　なんとでも言え！　ああ！　もう我慢《がまん》できるか！」

ヨハネスはキレた。アルムが出ていって以来、聖女達にいびられて溜まりに溜まっていたストレスが爆発《ばくはつ》した。

「アルムと結婚して隣国までハネムーンに行ってやるーっ!!」

叫ぶなり、ヨハネスは執務室から駆け出ていく。

「殿下！　お待ちを！　そんな無謀な計画を叫んではなりません！　末代までの恥《はじ》になりますよ！」

親切心で止めるキサラの声を振り切って、ヨハネスは大神殿を飛び出していった。

＊＊＊

さて、ワイオネルが国王を裁くために動き始めて以来、宰相クレンドールはその動きを察知して今後の方策を立てていた。

「まさか王弟があんな企《たくら》みを抱いていたとはな。第五王子の即位を止めることができないのであれば、少しでもこちらが優位に立つために……」

先ほど目の前でイチャつく第一王子とその婚約者を仕留めるために使用したペンを机に置き、クレンドールは思案した。

ちなみにクレンドール侯の必殺技その四十七「乱蜂百《らんほうひゃく》ペン無双《むそう》」は、投げ放たれたペン先が針を刺す百匹の蜂《はち》のごとく獲物に突き刺さる大技である。若い頃はこれで幾多《いくた》の政敵を葬《ほうむ》ってきた。

「やはり、聖女アルムをこちら側に引き込むのが一番か。どうやら第五王子のみならず、第七王子も聖女アルムにご執心と聞いた」

第一王子をオギャらせ、第二王子を福祉に目覚めさせ、第五王子と第七王子を虜《とりこ》にした恐るべき手腕の聖女だ。一筋縄ではいくまい。

「ふむ。ここらで一度、顔を合わせておくべきだな」

クレンドールはとある書類を手に立ち上がった。

＊＊＊

今日もまたアルムはベンチに寝転がってだらだらしていた。

しかし、その平和は一人の男によって打ち破られた。

「アルムっ！」

「え？」

身を起こしたアルムが目にしたのは、頭から紙袋をかぶって荒い息を吐《は》く男の姿だった。

「お前に伝えたいことがあるんだ！　ウニにならずに聞いてくれ！」

「……ヨハネス殿下?」

頭に紙袋をかぶって、はあ〜はあ〜と荒い息を吐いているのが、この国の第七王子であり神官である。

彼はアルムの視界に入るとウニになられてしまうため、苦肉の策で顔を隠しているのだが、隠し方が隠し方なので変態にしか見えない。

「ア、アルム……俺は……俺はぁ……」

「ひっ」

アルムは小さく悲鳴をあげてベンチの背にすがりついた。

無理もない。アルムは聖女とはいえまだ十五歳の少女である。

どう見ても変態にしか見えない格好の男が荒い息を吐きながらじりじり迫ってきているのである。

恐怖以外の何物でもない。迫り来る脅威を前に、マチルダ夫人の教えを思い出す余裕もなかった。


アルムの目に今のヨハネスは変態にしか見えなかったが、それはアルムの元にやってきた貧民地区の住民達にとっても同じだった。

彼らが目にしたのは「俺達のアルムちゃんが変質者に迫られて怯《おび》えている図」である。

「なんだテメェ!」

「アルムちゃんに近寄るな変態野郎!」

「ふてぇ野郎だ!」

「な、なんだお前ら！　俺は王子だぞ！」

あっという間に貧民地区の住民に取り囲まれてうろたえるヨハネス。

「皆さん！　そのまま取り押さえていらして！　トドメはわたくしが！」

アルムが心配で、暴走するヨハネスを追いかけてきたキサラが、どさくさにまぎれて光魔法をぶちかまそうとする。


そんなカオスな現場に、一台の馬車が到着した。

「なんだ、この騒ぎは……？」

馬車から降りた男が眉《まゆ》をひそめる。

「お、お前はクレンドール侯。何故、ここに……」

「あなたこそ何を？　第七王子殿下」

住民達に腕ひしぎ十字固めをキメられているヨハネスが尋ねると、クレンドールは冷たい目で彼を見下ろした。

「私はここに用があって来たのですよ。ここに、というより、聖女アルムにね」

クレンドールはつかつかと廃公園に近寄ると、アルムの張った結界ぎりぎりの場所で立ち止まった。

そして、手にした書類をアルムに見せて言った。

「この地が再開発地区に指定された。ついては、この土地は国が買い上げることになる。聖女アルムに、三日以内の立ち退《の》きを命じる」

「立ち退き⁉」


突然の命令に、アルムは目を丸くした。

「ちょっと待ってください。この土地は私が買ったのに……」

「そうだぞ！　国が無理矢理に土地を取り上げるつもりか⁉」

アルムは戸惑い、アルムの味方である住民達もクレンドールを睨《にら》みつけた。だが、彼は余裕の笑みを浮かべてアルムに対峙《たいじ》する。

「確かに、通常であれば無理に土地の権利を奪うことなどできない。ただし、それが世のため人のためであれば話は別だ。王国法では『その目的が公共の福祉に必要である特別の理由があれば、土地所有者に相応の金銭を支払うことで土地を強制的に買い上げることができる』と認められておる」

第二王子が福祉に目覚めたせいで法律書をおさらいする羽目になったクレンドールだが、そのおかげでこの法律の存在を思い出すことができた。

「ここら一帯に貧民地区の住民が住める集合住宅と働ける場所を作る計画だ。つまり、ここが立派な街になるのだ」

クレンドールはにやにやと笑ってアルムを見た。

「聖女であれば、住民達にとってそれが良いことだと理解できるだろう？」

アルムは唇を嚙《か》んだ。

現在はぼろぼろの見捨てられた貧民地区に国の予算が回され、街として整備されるということだ。貧民地区の住民からすれば夢のような話だろう。住む場所も、働く場所もできれば、貧《まず》しさから脱却できる。


「おい、なんだかよくわからねぇが、アルムちゃんを他所《よそ》にやるつもりなのか？」

「んなこと許さねぇぜ」

「アルムちゃんがいなくなったら困るんだよ」

血の気の多い連中がクレンドールに絡《から》みにいくが、彼はふっと鼻で笑った後で猫撫《ねこな》で声を出した。

「いやあ、大丈夫《だいじょうぶ》。アルム様は決して貧民地区を見捨てない――慈愛の聖女です！　まさに、この国の王妃にふさわしい！」


クレンドールが後ろの方を強く発言すると、住民達はぽかんと口を開けた。

「王妃？」

「アルムちゃんは王妃になるのかい？」

首を傾《かし》げる住民達に、クレンドールはまるで決まったことのように言う。

「アルム様はロネーカ公爵家の養女となり、ワイオネル殿下と結婚することになっている」

「ふざけるなクレンドール！　そんな話は聞いていない！」

ヨハネスが激昂《げきこう》して食ってかかるが、クレンドールはどこ吹く風だ。

アルムは男爵家の庶子《しょし》なので、王妃にするためには高位貴族の養子にならなければならない。ロネーカ公爵家は第一王子の婚約者の生家であるため、クレンドール的にはバカップルが頭をよぎってイラッとするのだが、ロネーカ公爵は若い頃にクレンドールのペン技で倒しているので脅せば命令を聞く。

クレンドールと公爵家がアルムの後ろ盾になれば誰も文句《もんく》は言えまい。アルムを気に入っている第五王子に恩を売れる。

「ワイオネル殿下は王宮と大神殿を襲った瘴気を浄化《じょうか》したアルム様に大変な感謝と敬愛を抱いておられるご様子。人気と実力のある聖女アルム様を妃に迎えれば、現在の王家に失望している者ども希望を抱き新たな王と王妃に忠誠を誓うでしょう。御兄君のために、どうぞヨハネス殿下もご協力を」

「……っ」

現在の王家――自分達の父母が犯した愚行《ぐこう》は、どんなに箝口令《かんこうれい》を敷いても完全に消し去ることはできないだろう。王家の信用は失墜する。

新たな王となるワイオネルの妃には、民衆から人気のある聖女のような人物が必要だ。

アルムはまさにぴったりだ。

臣下として、譲《ゆず》らなければならない場面である。

だが、ヨハネスは引き下がることができなかった。

「だが、俺は……アルムのことがっ……！」

ヨハネスが自分の胸の内を叫ぼうとしたその時、「殿下」とひどく冷静な声が響いた。キサラの声だ。

「殿下、ウニです」

「何？」

慌ててヨハネスが目を向けると、ベンチの上に巨大なウニが浮いていた。

さっきからヨハネスと知らないオッサンが何か話しているが、理解したくないしヨハネスの顔を見たくもないし、もういいやウニになっちゃえ！　と思考を放棄したアルムの姿だ。


（皆、早く帰れ……）

アルムはウニの内部で膝《ひざ》を抱えて呟《つぶや》いた。


「ふう……」

たっぷりと時間を取ってからウニ状態を解除すると、辺りには誰もいなくなっていた。

アルムは肩の力を抜いて、ベンチにもたれかかった。

「どうしよう……」

まさかこの場所から立ち退きを迫られるとは。

アルムには他に行く場所がないのに。

ぐったりと目を閉じたアルムの脳裏に、幼《おさな》い頃の記憶がよぎる。

あの日のアルムは、何も考えられずにただ膝を抱えてうずくまっていた。

（あの時とは違う。もう誰も迎えにきてはくれないんだ……）

幼いアルムに差しのべられた手は、もう掴《つか》むことができない。

自分にそう言い聞かせて、アルムは鼻の奥がつんと痛くなるのに耐えた。

＊＊＊

「やばいやばいやばい～！　このままではアルムがワイオネル様と……」

大神殿の執務室にて、ヨハネスが頭を抱えて転げ回っていた。

「なんとか阻止《そし》する方法はないか？　いや、アルムが拒《こば》んでくれればいいんだが……うん、そうだ。アルムなら拒むさ！　王妃になりたいなんてこれっぽっちも思っていないだろうし！　ははは、悩んで損したなぁ～」

棒読みな台詞で自分を無理やり納得させて、額の汗を拭う。半分ぐらいは現実逃避である。

「情《なさ》けないですねぇ……」

「今さら期待などしておりませんでしたけれど……」

「ワイオネル殿下にかなわないからって、戦う前から勝負を放棄するなど……」

「「「こんな男にアルムは渡せませんわ！」」」

「うるさい！　声をハモらせるな！」

容赦なく現実を突きつけてくる三人の聖女に、ヨハネスは涙目で叫んだ。せめて今ぐらいは優しくしてほしい。言っても無駄《むだ》だから言わないが。


「アルムが立ち退かなくてすむように、裏から手を回すぐらいのことはしたらいかがですの？」

ヨハネスのあまりの情けなさに、ついつい助言めいたものを与えてしまうキサラだったが、ヨハネスは難しい顔つきで眉をひそめた。

「それが……開発自体は元から意見だけは出ていたし、これを実現すれば経済効果が見込める。クレンドールの計画に落ち度はない。貴族や商人、職人も関《かか》わってくる。俺が手を突っ込んでめちゃくちゃにすることはできないし、許されないだろう」

これが個人的な利益《りえき》や嫌がらせ目的で立ち上げられた計画なら潰《つぶ》してしまってもかまわなかったであろうが、そうではなくきちんと国全体の影響について考えられている。

短い時間でここまでの計画を上げてくるあたり、クレンドール侯マキシムは有能な政治家なのだ。

「計画を潰せないのであれば、殿下にできることはただ一つですわ」

キサラが静かに言った。

「それが何かは、おわかりでしょう?」

ヨハネスは覚悟を固めるように目を閉じ、息を吐いた。

＊＊＊

この廃公園から出て行かなくてはならない。

そう考えると、アルムは怖くてたまらなくなる。

だって、アルムには他に自分がいていい場所が思い浮かばなかった。

大神殿に戻って、また聖女をやればいいのだろうか。

そうしようと思えば、そうできる。キサラ達にお願いすれば、受け入れてもらえるだろう。

でも、そうしたいとは思えない。

アルムはもともと別に聖女になりたかったわけじゃない。

(じゃあ、何がしたかったんだろう……)

アルムは不意に、キサラの言葉を思い出した。

自分でやりたいと思ったことをやり遂《と》げた時に、「できた」と実感する。

そうであれば、アルムにその実感がないのは当たり前だ。自分がやりたいことがわからないのだから。

聖女の才能があったから聖女をやっていたけれど、それでは実感を得ることができなかった。

（何も思い浮かばない……）

もしかしたら、自分は本当に空っぽなんじゃないだろうかと、アルムは自分のことがひどくむなしく感じた。

「やりたいこと」があれば、こんな廃公園のベンチでぐだぐだしていないで、聖女を辞《や》めた後すぐに生き生きとやりたいことをやるために行動することができただろう。

何もなかったから、こんな風に廃公園のベンチでホームレス生活をしていたのだ。

（私は何がしたいんだろう……）

このままベンチにしがみついていたって、どうにもならないことはわかっている。

わかっているのに、ここを離れてどうするのか、アルムにはどうしても想像することができなかった。

＊＊＊

どうしたらいいかわからないまま、立ち退きの日がやってきた。

緊張の面持《おもも》ちでベンチに座るアルムを迎えにきたのは、クレンドールを連れたワイオネルだった。

「アルム。すでに話は聞いているだろうが、この土地を再開発のために渡してもらわねばならなくなった。もちろん、土地代は君に渡る。それに、行くあてがないのであれば、こちらですべて面倒《めんどう》をみるつもりだ」

ワイオネルは妃に云々《うんぬん》の話には触れない。アルムのことが気に入っているのは事実だし、周りが言っているように聖女を王妃にするメリットは大きいが、まだ知り合って間もないのだし急ぐ必要はないと思っている。

しかし、アルムに向かってワイオネルが一歩足を踏み出した時、横手から声があがった。

「ちょっと待ったーっ!!」

ちょっと待ったコールに思わず振り向いたワイオネルは、そこに立っていた人物を見て眉をひそめた。

「……誰だ?」

道の真ん中に何故か磨《す》りガラスの衝立《ついたて》が立っていて、その向こうに誰かが立っている。

磨りガラス越しなのでぼんやりとしか輪郭が見えず、「詐欺被害にあった相談者のAさん」みたいな風情《ふぜい》だ。

「ヨハネス・シャステルです!」

「ヨハネス？　何故、ここに？　その磨りガラスはなんだ」

「磨りガラスはウニ化対策です！　そんなことより……」

磨りガラスのせいで輪郭がぼやけているためよくわからないが、おそらくはキリッとした顔つきで、ヨハネスは言った。

「ア、アルムは、ワイオネル様には……いや、他の誰にも……渡しませんっ‼」

ヨハネスの声が力強く響いた。

「いくらワイオネル様でも、これだけは譲れません！　俺は……俺は初めて会った時から、アルムが特別だってわかっていた！　一緒に過ごすうちに、聖女としてだけじゃなく、ずっと自分のそばに置いておきたくなって、そのせいで犯した数々の過ちのために聖女どもにいびられる毎日だけれども！　聖女どもにどれだけ貶《けな》されようが落とし穴に落とされようが光魔法で攻撃されようが、俺は諦《あきら》めない！」

ヨハネスはまっすぐにアルムをみつめて言い募った。ただし、二人の間には磨りガラスがあるため、ヨハネスの視線の先のアルムはぼんやりとしか見えないし、アルムに至ってはヨハネスが自分のことをみつめているとは考えてもいない。

それでも、ヨハネスは叫んだ。

「だから、アルム！　ウニにならずに聞いてくれ！　俺はずっとお前のことを愛していた！」

その途端、ごぅん、と鈍《にぶ》い音と共に大地が揺れた。

アルムはウニにはならなかった。

ただ、彼女の全身から眩《まばゆ》い金色の光が発せられた。

「何？」

「なんだこれは」

あまりの眩《まぶ》しさに、ヨハネス達は目を開けていられずに呻く。

アルムは両手に顔を埋《うず》めてしまって、彼らを見ていない。

アルムから放たれた金色の光が周囲を、青空さえ金色に染《そ》め変えていく。

「これは……っ、伝説の大聖女だけが命を対価に使うことができたという究極の光魔法！『金色の救世術』!!」

ちゃっかりグラサン着用で登場したキサラが驚愕《きょうがく》の声をあげる。いつの間に来ていたのか、そして何故そんなにも用意周到なのか。デローワン侯爵家が彼女に施《ほどこ》した令嬢教育がいったいどんなものだったのか本当に謎《なぞ》で仕方がないとヨハネスは思った。

「なんだ、その術は？」

「言い伝えによると、この金色の光が届く範囲の悪人がすべて改心し、病人は回復し、魔物は消滅し、悪《あ》しき力は塵《ちり》と化すと言われております」

キサラの説明通り、金色の光に包まれた王都のあちこちで、悪人が心を洗われて滂沱《ぼうだ》の涙を流して懺悔《ざんげ》していた。

「うわあああ、俺が間違っていた！」

「あの事件の犯人は私ですぅ！」

「僕がやりました！　捕まえてください！」

さらに、あちこちの病院や治療所で喜びの声があがる。

「怪我《けが》が治った！」

「病気だったのに……苦しくない！」

「寝たきりだった娘の目が覚めた！」

そして、そこここの暗がりに潜んでいた闇《やみ》の眷《けん》属《ぞく》達が悶《もだ》え苦しむ。

「ぐああ！　なんだこの光は……」

「こいつに取り憑《つ》いて悪さしてやろうと思ったのに！」

「肉体が消滅するっ……！」


アルムが発する金色の光が、様々な奇跡を引き起こしていることを感じ取ったキサラは顔色を変えた。

「まずいですわ！」

「どうした？」

「いくらアルムが規格外の聖女とはいえ、これほどの力を使ってしまったら……命を落としてしまうかもしれません！」

キサラの声は緊迫していた。

伝説の大聖女だって寿命を削って使ったと言われる術なのだ。

正直、アルムはすでに大聖女と同じかそれ以上の力を持っているだろうと思わなくもないのだが、そんなアルムであっても力の使いすぎは当然に肉体に負担がかかる。最悪の場合は命を落とすだろうし、死にはしなくても衰弱《すいじゃく》して倒れてしまうかもしれない。

そう考えた時、パキィイインッと何かが割れるような音がして、次の瞬間、空に美しい女性の姿が現れた。

光り輝くような金髪をなびかせ、白い翼を広げた彼女は、胸の前で手を組み目を閉じた。

『私は悪しき魔物によってこの地に封印されていた天界から来た女神です。金色の光が魔物の術を無効化してくださったので、こうして自由の身になれました。ありがとう。ありがとう。これで天へ帰ることができます』

そう言って、彼女は天へ昇《のぼ》っていった。

「ほら！　なんか誰も知らなかったいにしえの封印まで解けちゃってますわ！　アルムを止めないと！」

キサラは怒鳴《どな》るが、眩い金色の光の圧力が凄《すさ》まじくて、誰もアルムに近寄ることができない。

「ア、アルム……」

「聞いてくれ、アルム！　とりあえずこの光だけでも消して……」

近寄ろうとすると、余計に光の圧が強くなる気がする。ヨハネスはたまらずに叫んだ。

「わかった！　消さなくてもいいから光量を、光量を調節してくれ！」

口々に呼びかけるが、アルムはぎゅっと目を閉じてベンチの上で丸くなっていた。

アルム自身は大変なことをしている自覚はない。彼女はただ、ここから立ち退かなければならないという悩みと、第五王子と第七王子が目の前にいるというストレスと、第七王子がなんだか長い台詞《せりふ》を喋《しゃべ》っていた恐怖でパニックに陥《おちい》っただけなのである。

(どうしよう。どうしたらいいのかな？　もうここにいられないだなんて……私には、居場所なんかないのに)

自分だけの居場所が奪われる恐怖に、我を忘れたアルムが発する金色の光がさらに強さを増した。

その時、静かな声がアルムを打った。

「何をしている」

アルムははっと目を開けた。

＊＊＊

金色の光の中心地、ベンチに座ったアルムの目の前に、一人の男が立っていた。

二十代半ばの銀髪の男が、不機嫌《ふきげん》そうな仏頂面《ぶっちょうづら》でアルムを見下ろしている。

アルムは目を見開いた。

「お……お兄様……」

アルムの呆然《ぼうぜん》とした呟きを聞いたヨハネスは眉をひそめた。

(兄、だと？　てことは、ダンリーク男爵か)

ウィレム・ダンリーク男爵はアルムと腹違いの異母兄のはずだ。

それが何故ここに？　何故、光の中心に足を踏み入れることができるのか。

目を瞬《またた》かせるヨハネスをよそに、ウィレムは低い声でアルムに話しかけた。

「アルム、お前は何をしている？　今すぐにこの光を収めろ」

ウィレムに命じられて、アルムは肩を震わせた。

「で、できない……わからない……だって」

幼子のようにぽろぽろ涙をこぼすアルムを見て、ウィレムは短く息を吐いた。

「この場所がなくなり、大神殿にも戻りたくないというのなら、ダンリーク家に帰ってこい」

「え……？」

思いがけない申し出に、アルムのみならずヨハネス達も驚いた。

「ダンリーク家の者は、アルムを冷遇していたのではないのか？」

これまでまったく関わりを持とうとしなかったくせに、「帰ってこい」とはどういうことだ。

ヨハネスの責めるような視線を感じたのか、ウィレムはちらりと振り返って言った。

「……昔から、どういうわけか私だけはアルムの発する光の中や結界の中に入ることができるのです。この光も見慣れています。アルムは幼い頃から、泣いたりすると金色の光を発していましたから」

「マジか」

男爵
ウィレム・ダンリーク

「マジです。それだから、こいつは間違いなく聖女に選ばれるとわかっていたので、その時がきても男爵家の暮らしに未練を持たないように、最低限の関わりしか持たないようにしました。我が家と繋《つな》がりが深ければ、甘い汁を吸おうと寄ってくる輩《やから》もいるかもしれない。そういう輩を近づけないためにも、聖女となったアルムとダンリーク家は一切《いっさい》無関係という態度を取ってきました」

ウィレムは溜め息を吐《つ》いて肩をすくめた。

「しかし、聖女を辞めたのであれば、帰ってくればよかったのに……」

降って湧《わ》いたように宰相から持ち込まれたアルムの縁談に、「妙だな？」と断りつつ首を傾げていれば、徐々《じょじょ》に妙な噂《うわさ》が聞こえ始めた。

曰《いわ》く、貧民地区に聖女がいる。

まさか、異母妹は確かに聖女だが、大神殿で健《すこ》やかに生きているはずだ。貧民地区などにいるはずがない。

そう思っていたのに、「王子を吹っ飛ばした」だの「誘拐犯を倒した」だの噂は具体的になっていく一方で、まさかと思いつつ使用人に調べに行かせたところ、本当に異母妹が廃公園で暮らしていると報告を受けてウィレムは大いに動揺した。

「なんでそんなところに?」と混乱している間に、ついには王宮と大神殿を救ったというスケールの大きい話にまで発展してしまっていて、ダンリーク家の者は皆一様に頭を抱えていたのだ。

そうして、迎えにきてみれば何故か辺りを金色に染めるくらいの光を発していた。

ウィレムは知っている。アルムは昔から、怖い思いをしたり気分が高ぶったりすると金色の光を発するのだ。

ベンチに座って途方に暮れたような表情を浮かべるアルムの姿が、幼き日の姿に重なる。

あの時と同じだと、ウィレムは思った。

あの時のアルムは、母親に「ここで待っていてね」と言われて、ベンチに置き去りにされたのだ。追い出した父の妾《めかけ》が、幼い娘を邪魔《じゃま》に思い捨てていったと知ったウィレムは、すぐに異母妹を探した。そうして、この公園のベンチに座ってひとりぼっちでほろほろと金色の光をこぼしているアルムを見つけたのだ。

浪費癖のある妾を追い出す際に、異母妹はこちらで引き取ると言ったのに勝手に連れ出した挙げ句にこの仕打ちか、と腹が立った。

しかし、それでもアルムにとっては、この場所は特別な場所だったのだろう。

行く場所がないと思い込んだアルムが、自分の居場所にしようと決めたのは、幼い頃に捨てられた場所だった。

母に「待っていてね」と言われた場所。ここにいれば、もしかしたら迎えにきてもらえるかもしれないと、信じたかった場所だ。

そうして、その場所さえ奪われそうになって、ひどい混乱と恐怖に陥ったのだ。

「アルム。お前の居場所はここじゃない。こんなところに居なくていい」

アルムははっと身を震わせた。

まったく同じ言葉を、幼かった頃に聞いた。同じ、この場所で。

あの時と同じように、アルムの目の前に手が差しのべられる。異母兄の手が。

「帰るぞ。アルム」

変わらないその言葉に、アルムはあの時と同じく、差しのべられた手をおそるおそる摑《つか》んでいた。

手を繋いだ瞬間、金色の光は静かに収束して消えていった。

＊＊＊

大神殿の執務室では、いつもと同じようにヨハネスが書類の山を前に頭を抱えていた。

「ああ～忙しい忙しい。本当に心の底から忙しい～忙しすぎて忙しい～忙しいって言ってんだから茶会は他所《よそ》でやれぇっ!!」

自分の目の前で優雅にお茶を飲むキサラ、メルセデス、ミーガンの三人に、ヨハネスはとうとう無視できなくなって怒鳴った。

「なんですの？　まあ！　熱烈な告白をしたのに異母兄に美味《おい》しいところを全部持って行かれた第七王子殿下じゃありませんか！」

「えっ？　若き男爵に完膚《かんぷ》なきまでに格の違いを見せつけられた第七王子ってヨハネス殿下のことだったんですの？」

「ざまぁｗｗｗ結局、好きな子を連れ戻すことのできなかった甲斐性《かいしょう》なしの神官ってどなたのことでしたっけ？」

「ええい！　うるさいうるさいうるさいっ‼」


ヨハネスは顔を真《ま》っ赤《か》にして机を殴りつけた。

「言っておくが、俺は諦めていないからな！　アルムは大神殿に連れ戻す！　アルムは聖女だ！　俺の隣にいてもらうんだ！」

「負け犬が、見苦しいですわ」

「無様ですわ」

「脈なしだって理解できないのかしら？」

三人の聖女は相変わらずヨハネスに辛辣《しんらつ》である。

だって、彼女達だって本音はアルムに大神殿の聖女でいてもらいたいのだ。誰よりも聖女にふさわしいのだから。


「でも、アルムに戻ってきてもらうのは、やはり害虫の駆除が済んでからでないと……」

「何かいい駆除方法はないのでしょうかねぇ」

「先日の清めのお香もあまり効果がありませんでした……」

「俺の寝室の床一面に蚊取り線香を焚《た》いたのはやっぱり貴様らかあああああっ‼」


今日も今日とて、大神殿にはヨハネスの怒声が響き渡った。

＊＊＊

「ん～！　いい天気だなぁ」

アルム・ダンリークは庭を眺めながらお茶を楽しんでいた。

「アルム様、こちらのお菓子《かし》は旦那《だんな》様がアルム様にとお買い求めになったものですよ」

「お兄様が？」

にこにこと笑みを浮かべた侍女が茶菓子を差し出してくれる。

アルムの記憶の中の彼女はいつも無表情で言葉も少なく、頑《かたく》なな態度だったのだが、今では別人のようににこやかに接してくれる。

「旦那様のご命令で、アルム様はいずれ必ず聖女に選ばれるから、俗世と関わらせないようにするようにと。我々も必要最小限に接するように命じられておりました」

ウィレム・ダンリーク男爵にとっては、聖なる力を持って生まれた異母妹が、俗世との板挟みにならないように良かれと思って関わらないようにしていたのだが、結果的にアルムは聖女を辞めて大神殿を飛び出してしまった。

最初は理由がわからなかったが、神官に酷使されていびり出されたと判明してダンリーク家は燃え上がった。


アルムは幼い頃は母親にかまってもらえずにいつも一人でぼーっとしていた。

そんな子供を気の毒に思いつつも、その頃はまだ嫉妬《しっと》深い正妻が本邸にいたために何もしてやることができなかった。ウィレムも母親のヒステリーが異母妹に向かうのを恐れて別邸には関わらなかった。

やがて、正妻が離婚して出て行き、男爵が亡くなり、後を継いだウィレムは「今さら良い兄面《あにづら》するのもアルムにとっては迷惑だろう。冷たい異母兄と思われて嫌われていても仕方がない。外の世界で楽しい生活を送ればいい」という思いから、アルムに必要以上にかまわないようにして大神殿へ送りだしたのだ。

だというのに、逃げ出すほどいびり倒すとは何事だ。

腹が立ったウィレムは使用人達の後押しを受け、「だったら大神殿なんかに異母妹はやらねーよ！家で令嬢として過ごさせます！」と決意してあの場所へ迎えにいったのだった。

もう大神殿に返す気はないので、ウィレムも使用人も思う存分アルムをかわいがっている。

特にアルム付きの侍女は愛らしいアルムをかわいがりたい気持ちを長年抑えつけていたので、現在は過保護なくらいに甘やかしている。ウィレムと共にアルムの縁談を握りつぶしているのも彼女である。


稀代《きたい》の大聖女と噂のアルムには、ひっきりなしに縁談が舞い込む。ぶっちぎりで婚約の打診が多いのは王家――今は国王代理となった第五王子と、第七王子だ。

普通であれば男爵家ごときが断れる縁談ではないのだが、ウィレムはいつも速《すみ》やかに申し出を葬っている。


アルムは庭に置かれたベンチに腰掛けて空を見上げている。あの廃公園で寝そべっていたベンチだ。

ウィレムが異母妹のために、男爵家の庭にベンチを移設してくれたのだ。

「あっ。そろそろ時間だわ」

アルムはいそいそとリモート聖女会議の準備をする。元聖女のアルムが参加していいのかとも思うが、キサラ達からは歓迎されるのでいつも参加させてもらっている。

大神殿に行くことなく、ベンチから動かずに参加できるので、ヨハネスと顔を合わせなくてすむ。

快適な生活だ。

しかし、

（快適すぎて、ベンチから動きたくなくなっちゃう！）


廃公園では常に結界を張っていた。

しかし、今のアルムはそれさえもしていない。

今の自分なら、来るもの拒む主義とは言われないのではないだろうか。

（不思議だな。なんだか、今なら「やりたいこと」もみつけられるような気がしてきた）

あれほど考えても何も思い浮かばなかったことで自分が空っぽのような気がしていたが、男爵家に帰ってからはあのむなしい感覚はなくなっている。

まるで、心に空いていた穴が塞《ふさ》がったみたいだ。


元ホームレス聖女アルム・ダンリークは、ようやく安心できる居場所をみつけたのかもしれない。

異母兄が差しのべた手のように、次に手を差しのべてアルムを立ち上がらせて連れて行くことができる者は、果たしてヨハネスか、ワイオネルか、あるいはまだ見ぬ誰かなのか。もしくは、誰かが手を差しのべるより先に、アルム自身が「やりたいこと」をみつけて自分の力で立ち上がって歩いていくのか。
今はまだ、誰にもわからない。

完

番外編 第二王子の国民マッスル化計画

王子が押しかけてきたと聞いて、すわ一大事とばかりにウィレム・ダンリーク男爵は仕事を放り出して執務室から飛び出した。

はてさて、押しかけてきたのは高潔な人格の裏に隠れた強引《ごういん》グマイウェイの持ち主である第五王子か、好きな子を自分の支配下に囲い込みたいという願望を持つ天然パワハラ野郎である第七王子か。

いずれにせよ、かわいい異母妹の危機である。

そう思って駆けつけた玄関先では、使用人達が押しかけてきた王子に圧倒されていた。

「ふはははははっ！　ここに聖女アルムがいると聞いた！　会わせてもらおう！」

何故《なぜ》かポージングを取って筋肉を見せつけてくる第二王子ガードナー・シャステルに、ウィレムは冷たい声で「帰れ」と言い放《はな》った。脳内では「お引き取りください」と言ったつもりなので問題はない。

「頼みがあるのだ！　聖女アルムでなければできないことだ！」

「そうですか。失《う》せろ」

ウィレムは使用人達と一緒になって筋肉バカ王子を家の外に押し出そうとした。

だが、無駄《むだ》に筋肉のある第二王子はびくともしない。

「ははは！　何人束《たば》になってかかってこようとも！　我が筋肉は微動だにせん！」

「くっそ、腹立つ。王族なんて滅びればいいのに」

ウィレムはもともと別に反王家派というわけではないが、現在進行形で異母妹が王子どもに狙《ねら》われているため、王族への印象がすこぶる悪いのだ。

第二王子は別に異母妹に求婚しているわけではないが、いきなり家に押しかけてきた時点で印象は最悪だ。

「むう！　ここでこうしている時間が惜《お》しい！　邪魔《じゃま》するぞ！」

「あっ、このっ！」

必死に侵入を阻《はば》もうとするウィレムと使用人を弾《はじ》き飛ばして、筋肉の塊《かたまり》は男爵家へ不法に侵入を果たした。現行犯である。

「ふはははは！　どこだ聖女アルム！　出てくるがいい！」

「待ちやがれこのっ！」

どどどどっ！　と豪快な音を立てて廊下を走る第二王子を追いかけて、ウィレムは脳内で「この筋肉豚野郎！　クソが！　死ね！」と叫《さけ》んでいた。ちなみに、ウィレムに自覚はないが脳内の台詞《せりふ》はしっかり口から出ているので順調に不敬罪である。


元ホームレス聖女アルム・ダンリークは庭でベンチに座ってうとうとしていた。

今日はぽかぽかと暖かい。心地よさに抗《あらが》えず、このままお昼寝も悪くないかな……と頭の隅で考えていた。

そこへ、
どどどどっ、と足音と振動が響いたかと思うと、庭に何かが飛び込んできた。

「はははははっ！　みつけたぞ、聖女アルム！」

「ぴゃああっ」

突然、目の前に飛び出してきた筋肉の塊に、アルムはぱっちり目を開けて叫んだ。

「え、と……それで、私に頼みって？」

なんの前触れもなく飛び込んできた第二王子と庭でお茶を飲みながら、アルムは首を傾《かし》げた。

ウィレムは第二王子を叩《たた》き出そうとしたが、「聖女アルムに頼みがあるんだ！」と叫ばれたので一応は話を聞いてみることにしたのだ。

「何かあった時はこれを使え」と、お茶をセットしたテーブルの上に「筋弛緩剤《きんしかんざい》」と書かれたラベルの貼《は》ってある小瓶《こびん》を置いて、ウィレムは執務室へ戻っていった。

筋弛緩剤って、全身が筋肉の塊みたいな相手には効きやすくなるのか、それとも効きにくくなるのかどっちだろう、とアルムはぼんやり考えた。

筋肉が多いほど弛緩する筋肉も増えるのか、それとも弛緩した筋肉を他の筋肉で補《おぎな》うことが可能なのか……

「うむ！　俺《おれ》の夢を叶《かな》えるためにお前の力が必要なのだ！」

むん！　と力こぶを作って答えられる。

筋弛緩剤の効果について考えていたアルムは、顔をあげて呟《つぶや》いた。

「夢？」

「そうだ！」

第二王子ガードナー・シャステルは脳筋である。筋肉でものを考えるし、筋肉のことしか考えていない。

そんなガードナーの語る夢もまた、当然ながら筋肉に関することだった。

「俺はっ！　この国に筋肉の素晴らしさを広めねばならんのだ！」

「はあ……」

アルムは空気の抜けたような声で相槌《あいづち》を打った。

「これまでは自分の筋肉にしか興味がなかった！　だが、お前と出会ったのがきっかけで、貴族も貧民《ひんみん》も平等に筋肉を鍛える権利があると気づいたのだ！　将来的に筋肉機会均等法を成立させ、身分にかかわらず筋肉を鍛える自由を保障する筋肉平等社会を目指している！」

ちょっと何言ってるかわからない。

アルムは目を瞬《またた》かせながらお茶を口に含んだ。

「私にできることがあるとは思えませんけれど……」

アルムにはガードナーのような筋肉はないいし、筋肉に興味もない。鍛える気も特にない。

自分には筋肉のためにできることは何もないと思うアルムに、ガードナーは身を乗り出して訴えてくる。

「頼む！　俺のやりたいことは、お前の協力なくしては叶えられないのだ！」

「やりたいこと……」

椅子《いす》ごと身を引きながら、アルムは呟いた。

正直、ガードナーは暑苦しいし、これ以上一緒にいるとうっかり筋弛緩剤を試したくなるかもしれないのでさっさと帰ってもらいたいのだが、「やりたいこと」「夢」という言葉にアルムの心が揺れた。

酷使されて大神殿を飛び出し、ホームレス生活も経験し、異母兄の本心も知ることができて、ほんの少し自分に目を向けられるようになったアルムの目下《もっか》の関心事が「やりたいこと探し」だ。

ウィレムは「しばらくゆっくりしなさい」と言ってくれているが、聖女を辞《や》めてホームレスでもなくなったアルムは、やりたいことを見つけてそれを目指して頑張《がんば》りたいという気持ちになっていた。

ただ、やりたいことがなかなか見つからない。


（第二王子は「やりたいこと」がはっきりしていていいなぁ……）

アルムはほんの少し羨《うらや》ましくなった。筋肉は羨ましくないが、夢中になって頑張れるところは羨ましい。ガードナーは生き生きとしている。暑苦しいが。


「ふはははっ！　それにしても、アルムは誰《だれ》と結婚するのだ？　ワイオネルか？　ヨハネスか？　叔父上《おじうえ》は王籍を剝奪《はくだつ》されたが、ヒンドリーも王族の血は流れている！　聖女と王族の結婚は歓迎されるからな！　国民は初代国王と始まりの聖女の再来を夢見ているのだ！」

「うっ。吐《は》き気が」

アルムは口を押さえてうつむいた。

ヒンドリーはともかく、ワイオネルとヨハネスの顔は思い出したくない。結婚なんてもってのほかだ。

「アルムは『始まりの聖女』の生まれ変わりかもしれないな！　初代国王の血を引く王族は『始まりの聖女』の魂に引き寄せられると言われているからな！　これは王家に代々伝わる秘密の言い伝えだ！」

秘密の意味がわかっているのだろうか。

「あの、それで結局頼みって？」

王子の話題を続けたくないので、アルムは改めて尋ねた。

「うむ！　そうだった！　実はだな！」

ガードナーは腹から響く声でこう言った。

「国民マッスル化計画を発動するのだ！」

ガードナーの頼みごとを聞いて、アルムはぱちくりと目を瞬いた。

＊＊＊

ヨハネス・シャステルはじっと手を組んで黙《だま》っていた。

「それで、わたくしは思い出したのよ。東洋には除虫菊《じょちゅうぎく》という花があるって」

「シンプルに罠《わな》を仕掛けるのが一番ですわ。執務室の前に踏んだら取れなくなる強力接着剤を置きましょう」

「一番簡単なのは物理攻撃ですわ。丸めた雑誌では心許《こころもと》ないので、この分厚い百科事典などよろしいのではないかしら？」

先ほどから何かを駆除するための方法を話し合っているらしい三人の聖女は、ヨハネスが一つも突っ込みを入れずに聞いているのを不審に思い一度黙ることにした。

「……はい。今、静かになるまでに十分かかりました」

聖女達の会話が途切れたところで、ヨハネスが痺《しび》れを切らしたようにゆっくりと立ち上がった。

「では、本題です。今日、呼び出された理由がわかる人はいますか？」

キサラが「はーい」と手を挙げる。

「ヨハネス殿下の法衣《ほうえ》の背中に「半額」シールを貼っておいたのに、お馬鹿《ばか》な第七王子がそれにまったく気づかず、厳かな儀式の間中、国民にその背中を見せ続けた挙げ句に儀式が終わるまで気づかなかったからでーす」

「その通りだよこんちくしょうっ‼　いい加減に俺に対する嫌がらせはやめろっつってんだろうが‼」

ヨハネスは渾身《こんしん》の力を込めて怒鳴《どな》った。

「ただでさえ、いろいろあって王家の求心力はなくなっているんだ！　ワイオネル様が正式に次期国王になると決まりはしたが、現在は一時的に国王不在の状態！　この時期に聖女まで王族を舐《な》めきっていると国民に知られてみろ！　王制自体がなくなるかもしれないんだぞ！　すでに一部の国民は俺のことを『半額王子』って呼んでるしな！」

「わたくしなら無料でもいりませんわ」

「うるせぇっ‼」

ヨハネスは机に拳《こぶし》を叩きつけた。本気の怒《いか》りも、キサラ達はどこ吹く風だ。

「くっそぅ……ダンリーク家に帰っちまって以来、アルムには会えていないし。聖女どもは陰険《いんけん》な嫌がらせをやめないし。ストレスが溜《た》まる一方だぜ……」

自分の愚痴《ぐち》なんてどうせ「自業自得《じごうじとく》」と扱《こ》き下ろされて終わりだろうが、それでも愚痴らずにはいられない。癒《いや》しが欲しい。アルムが恋しい。

ヨハネスはアルムの顔を見ることができずにこんなにも落ち込んでいるというのに、聖女どもは何かと「リモート聖女会議」を開催してはアルムの近況を聞いているようだ。

「ちくしょう。俺も混ぜろ」

「絶対にお断りですわ」

「心の底から嫌すぎますわ」

「天地がひっくり返っても拒否しますわ」

キサラ達は心底嫌そうに首を横に振る。

答えは知っていたので、ヨハネスは溜め息《いき》を吐《つ》いて椅子に座り直した。これ以上話していても疲れるだけなので、キサラ達を追い払って仕事に戻ろうとした。

その時、

『ふははははっ！　おはよう諸君！　いい天気だな！』

突如、執務室の空中に大きな箱のようなものが出現し、その表面に第二王子ガードナーの姿が映し出された。

「なっ……」

思わず絶句したヨハネスの前で、ガードナーは筋肉を見せつけながら言う。

『俺はガードナー・シャステル！　今から国民の皆に筋肉の素晴らしさを伝える活動の一環として、効率的な筋肉増強訓練メニューを伝授しようと思う！』

ガードナーは「むん！」と上腕二頭筋を見せつけてくる。

『この番組は御覧の聖女の提供でお送りする！』

よく見ると、ガードナーがいるのはどこかの家の庭のようだ。そして、ガードナーの背景に、ベンチに座ったアルムが小さく映っている。

『すべての国民がこの映像を観ることができるように力を貸してもらったのだ！』

なるほど。ヨハネスは納得した。

おそらくはリモート聖女の応用で、アルムのいる場所の映像を国民の前に映し出しているのだ。

（これは、国民に何かを伝えたい時に便利だな……）

お触れを出すよりこちらの方が早いし正確に伝わるだろう。

(まさか、第二王子はいち早くこの能力の使い道に気づいたってのか?)

あの脳筋がそんなわけは、とヨハネスが思ったのと同時に、ガードナーが拳を突き上げた。

『俺のことは「隊長」と呼べ!』

いや、お前は「隊長」じゃなくて「第二王子」だ。そもそもなんの隊長なんだ。

『では、始めるぞ! 第二王子'sブートキャンプ! レディ、GO!』

(なんて?)

ヨハネスの困惑をよそに、ガードナーは激しい動きで筋肉を鍛え始めた。

＊＊＊

第二王子'sブートキャンプ。

突如として始まったそれは、大多数の国民に困惑を植え付けた。

いきなり空中に第二王子の姿が出現したかと思うと、筋肉の鍛え方を教えるとか言い出したのである。訳がわからない。

『筋肉の声を聞くんだ! 限界まで自分をいじめろ! ワンモアセッ!』

第二王子が厳しい口調で、しかし時には褒《ほ》め言葉も交えつつ、画面の向こうの国民に語りかける。

話しながらも体は激しく動いている。

『さあ、一緒に！　トゥギャザー！　怖いことは何もないぜ！』

太股《ふともも》を高く上げての足踏みランを披露しながら、ガードナーが白い歯を光らせる。

彼は純粋に国民が自分と同じく筋肉を鍛えてくれていると信じているのだ。


最初、国民は何が起きたのかわからずに空を見上げた。

ガードナーが何か喋《しゃべ》っているのを観て、人々は「また王族が何かやらかしたのか」と思った。

ガードナーが「ワンツー！　ワンツー！」と言いながら腹筋や背筋を始めても、誰もその動きを真似《まね》ようとする者はいなかった。

結局、きっかり三十分間筋力トレーニングを披露したガードナーは、きらきら光る汗を拭いながら国民に告げた。


『では！　明日もまたこの時間に！　ジャストドゥーイット！』

（え？　またやんの？）


国民の心が一つになった瞬間だった。

＊＊＊

言葉通り、ガードナーは次の日も同じ時間に空中に現れた。

次の日も、その次の日も。

そして、いつしか。


「ぐぅおぉぉぉぉっ！　このクソ第二王子ぃぃ‼」


執務室にて、汗だくで吠《ほ》えるヨハネスの姿があった。

「ワンモアセッ！　じゃねぇんだよ！　軽々しくもう一回やらせようとすんな‼」

「キ……キサラ様……わたくしはここまでのようです……」

画面を見上げながらガードナーを罵《ののし》るヨハネスの隣で、ミーガンがばったりと倒れる。

「キサラ様、申し訳ありません！　わたくしも長くはもちません！」

「く……わたくしも、今日こそは『ビクトリー！』と言いたかったけれど……このままでは無理だわ！」

メルセデスが叫び、キサラが嘆《なげ》く。

カオスな光景ではあるが、だいたい似たような光景が聖シャステル王国の王都の至る所で繰り広げられていた。

第二王子による筋肉を鍛える特訓メニュー。

誰が付き合うんだそんなもん。と当初誰もが思っていたのだが、一人がやり始めると二人、三人と参加者が増えていき、いつの間にかすっかり流行《はや》ってしまっていたのだった。

ただし、地獄のようにきつい特訓メニューを三十分間やり遂《と》げられる者は少ない。たいていは脱落し倒れていく。そして、翌朝、筋肉痛に苦しむ。

もう二度とやるか！　と思っても、次の日にまた隊長の姿が現れると何故か体が動いてしまう。

すべてのメニューを終えた時に隊長が叫ぶ「ビクトリー！」と一緒に叫ぶのが、隊員達の目標となったのだった。

『よーし、その調子だ！　辛《つら》い時こそ笑顔で乗り切るんだ！　ワンモアセッ！』

隊長は爽《さわ》やかな笑顔で地獄の屈伸運動をもう一回やらせようとする。すでに息も絶え絶えな隊員達は王都のあちこちで呻《うめ》き声をあげた。


「びあんきゃ！　君を守るために強い男になるよ！」

「殿下～！」

「くっ……足がつった！」

「殿下ーっ！」

「うわ～ん！　今日も『ビクトリー』って言えなかったよぉ～！　びあんきゃ～っ」

「も～、殿下ったら泣き虫さんなんだからぁ。しょうがないですわね」

どこぞの宰相執務室では、バカップルの茶番に巻き込まれたクレンドール侯がこめかみに青筋《あおすじ》を浮かべ、ペンを片手に立ち上がった。

ヨハネスは別に筋トレがしたいわけではなかった。断じて違う。

こうして汗だくになって全身を動かしているのは、筋肉を鍛えたいからでもガードナーの思いつきに付き合ってやってるわけでもない。

ヨハネスはただ、画面の隅、ガードナーの後ろのベンチでちょこんと座っているアルムがかわいいから観ているだけだ。ガードナーしか映っていなかったら即座に国家騒乱罪で第二王子を捕まえて終わりにしていた。

だが、画面の隅に小さくとはいえ常にアルムが映っているのだ。

アルムは厳しい特訓メニューをこなすガードナーの背後で、相の手を入れるかのようにタンバリンを叩いてみたり、ガードナーの動きを真似しようとして足がもつれてへちゃりと潰《つぶ》れていたりする。それがたまらなくかわいい。

さらに、一日目の終わりに隊長が漏《も》らした言葉。

『最後までついてこられた者には、聖女アルムから花束《はなたば》を贈呈するぞ！』

花束には興味がない。だが、アルムから贈呈するということは、アルムから手渡してもらえるということだ。つまり、アルムに会える。

ヨハネスの負けられない戦いが始まった。

「アルムの姿が見えるから付き合ってやってんだよ、こっちは！　そもそもなんで第二王子がダンリーク家に侵入してるんだよ!?　俺やワイオネル様が何度訪《たず》ねていっても門前払いだったくせに!!　なんで第二王子は家に入れるんだよ男爵!?　どいつもこいつもふざけんなっ!!」

ヨハネスは画面の中のガードナーに向かって吠えた。

（俺やワイオネル様を警戒する前に、脳筋をアルムに近づけるんじゃねぇよ!!　アルムに何をさせてるんだ！）

不満はいっぱいだが、久方ぶりにアルムの姿を見れてどうしようもなく嬉《うれ》しいのも事実だった。

『ワンモアセッ！』

「だから軽々しく言うんじゃねぇっ!!」

結局、今日も「ビクトリー！」は言えなかった。

＊＊＊

六日目の第二王子'sブートキャンプが終わり、ガードナーが「ビクトリー！」と叫んだところでアルムは映像を打ち切った。

「ふははははっ！　今日もいい汗をかいた！　筋肉が喜んでいる！」

アルムはベンチに座って足をぷらぷらさせながら、ガードナーの後ろ姿を眺めていた。

協力するのは七日間の約束だ。明日でキャンプは終わりになる。

この六日間、アルムは常に全力投球なガードナーを見ていた。そして、どうしてそこまで一生懸命《いっしょうけんめい》になれるのか不思議に思った。

「第二王子殿下は、どうしてそこまで筋肉を鍛えたいのですか？」

どうせ明日で最後だし、とアルムは疑問を投げかけてみることにした。

アルム的には筋肉なんて、歩いたり走ったり荷物を持ったりできる程度にあればそれでいいと思う。騎士や兵士ならば鍛える必要があるだろうが、そうではない国民すべての筋肉まで鍛えたいという熱意はどこから来るのか。そもそも、国民マッスル化計画ってなんだ。

「国民すべてがマッチョになったら、すごく嫌なんですけど……」

「ははは！　アルムよ！　お前はまだ若い！　筋肉の良さを知るためにはもっと見聞を広めなくてはな！」

果たして見聞を広めて筋肉が好きになるのかは謎《なぞ》だが、自分の世間知らずを指摘されたような気がしてアルムはぎくっとした。

男爵家と大神殿と廃公園のことしか、アルムは知らない。他の場所に行ったことがない。

見聞を広めるにはどうしたらいいのだろう。見聞を広めたら、ガードナーみたいに「やりたいこと」が見つけられるだろうか。

「何か悩みがあるようだな！　思う存分、じっくり悩むがいい！　青春の悩みは重大だからな！」

ガードナーが朗らかに笑う。

彼が帰った後も、アルムはベンチに腰掛けたまま悩み続けていた。

＊＊＊

『いよいよ今日で特訓は終わりだ！　皆、今日までよく耐えてきた！　だが、最後まで気を抜くなっ！』

「「「イエッサー」」」

というわけで、キャンプ最終日の特訓が始まった。

「今日こそは『ビクトリー！』を言いますわよ！」

キサラが気合いを入れる。ヨハネスも特訓をする準備を整えながら、画面の隅のアルムを見つめていた。

今日が最後。ならば、またしばらくはアルムの姿を目にすることができない。

「クッソがあああああっ‼　次に『ワンモアセッ』って言ったら殺す‼」

最終日とあって、ヨハネスも今日は「ビクトリー！」まで言うつもりだった。しかし、六日間の特訓に耐えた体はすでにぼろぼろだ。筋肉痛が二日後に来るという知りたくなかったことも知ってしまった。

だがしかし、聖女達より先に力尽きるわけにはいかないと、根性で足を踏ん張る。

十五分でミーガンが脱落し、二十分でメルセデスが脱落した。残るは十分。

「だあああああっ‼」

ヨハネスは最後の力を振り絞って頑張った。キサラも頑張っていたようだが、惜しくも五分前に力尽きた。

「うぐおおおおっ、あと二分んんん！」

「殿下……っ」

「さすが、害虫はしぶといですわ……」

「嫌な生命力……」

倒れた聖女達が何か言ってるがもう知らん。後一分だ。後一分で、ヨハネスはアルムから花束をもらえる。

「うっぐおおおおっ！　びぃくとりぃぃぃぃーっ!!」

ついにやり遂げた。ヨハネスは腕を高々と突き上げて勝利の雄叫《おたけ》びをあげた。

（やったぞアルム……っ！）

ヨハネスはまるでアルムと二人で摑《つか》んだ勝利のように感じた。気のせいである。

『特訓は終了だ！　皆、よくやった！　俺は嬉しいぞ！　では、約束通り花束の贈呈だ！』

ガードナーがそう言うと、背景のアルムが座っているベンチの周りににょきにょき花が生えてくる。どうやら、アルムが生やしているらしい。

芽が出てつぼみが膨《ふく》らんで、やがて花が咲く。

咲いた花はアルムが指を振るだけで切り花となって、空へ舞い上がった。

ひゅー、と、何かが飛んできて、窓から飛び込んできてヨハネスの手にぽすっと収まった。

花束である。

アルムが指一本触れずに咲かせて、指一本触れずにブーケにして、指一本触れずに空に飛ばした花束である。

リモート対応にもほどがある花束贈呈に、ヨハネスはしばし無言で硬直した。

「……いやっ、でも、アルムからの花束であることには変わりがないし！」

気を取り直して言うが、声が震えている。

「なんか憐《あわ》れですわね」

「無様ですわ」

「滑稽《こっけい》ですわね」

「うるさい黙れっ!!」

ヨハネスは手の中の花束をぎゅっと握りしめた。

＊＊＊

「ふはは！　世話になったなアルムよ！　だが、俺の国民マッスル化計画はまだ終わっていない！　第二、第三の計画があるのだ！　楽しみにしているがいい！」

どう考えても暑苦しそうな計画なので何も楽しみじゃないのだが、アルムはとりあえず頷《うなず》いておいた。

そういえば結局、筋弛緩剤を使う機会がなかったなと思いながら去りゆくガードナーの背中を眺めていると、不意に彼が振り向いた。

「アルムよ！　悩みが解決できない時は身近な者に相談してみるがいい！」

「！」

アルムは目を丸くした。

「では、さらばだ！　ふははははっ！」

こうして、第二王子の国民マッスル化計画は大量の筋肉痛患者を生み出して終わりを告げたのだった。

＊＊＊

その日の夜、アルムは緊張しながら目の前の扉をノックした。

「失礼します」

「アルムか。どうした？」

許しを得て入室すると、ウィレムが顔を上げた。

「王子は帰ったと聞いた。あんな脳筋王子に付き合わされて大変だったな。よく七日間も相手をしてくれた。偉いぞ」

ウィレムに褒められて、アルムは顔を赤くした。

ウィレムが内心で「毎日通って来やがるからそろそろ何らかの対処をしようと考えていたところ

だ。第二王子を手に掛けずに済んでよかった」などと考えているとは知る由《よし》もない。

「あのぅ、お兄様……」

アルムはもじもじしながら口を開いた。

アルムはいまだに異母兄に遠慮してしまう。ウィレムは幼《おさな》いアルムと上手《うま》く接することのできなかった自分のせいだと言い、アルムに遠慮せずに思ったことを言っていいと伝えてくれた。

そのことに励まされ、アルムは恥《は》ずかしそうに目を伏せて切り出した。

「あのですね。私、何か『やりたいこと』を見つけたいんです。でも、私は世間知らずだから、何も思い浮かばなくて……それで、見聞を広めたいと思うんです」

アルムは「聖女」としてなら何でもできる。だが、アルムが「アルム」としてできることが何かないか、探したいのだ。

そう訴えられて、ウィレムはふっと微笑《ほほえ》んだ。

「そうか。なら、旅行にでも行ってみるか？　学問を学んだっていい。なんだってやってみるがいい」

アルムはぱちぱちと目を瞬いた。

ウィレムは、聖女じゃないアルムの努力を応援しようとしてくれている。

そのことに気づいて、アルムはぱあっと明るい笑顔を浮かべた。

「私、やってみます！」

放たれた眩《まばゆ》い光が、執務室のみならず王都の隅まで包み込んだ。

賛成してもらった嬉しさのあまり金色の光を放ってしまい、アルムは完全に無意識に王都中の国民の筋肉痛をすべて治してしまったのだった。

故《ゆえ》に、辞めたにもかかわらず、人々はいまだにアルムを「聖女」と呼び続けるのである。

完

# あとがき

はじめまして。荒瀬ヤヒロと申します。

この本をお手に取ってお読みくださり、ありがとうございます。


本作はいくつかの小説投稿サイトに掲載させていただいたものが原型となっております。

皆様に読んでいただき、応援していただいたおかげで書籍にしていただくことができました。

自己評価激低実力最強聖女が様々な出会いを経て自分を見つめ直す青春ファンタジーです。

ｗｅｂ版にはなかったエピソードや新たな登場人物が加わってボリュームアップしております。


虐げられた少女の前に美形で頭が良くて魔法や剣が使える完璧な王子様が現れて溺愛され、少女は王妃となり幸せに暮らす。

そんな王道ストーリーを吹っ飛ばし、王子様なんかに見向きもせずに結界に閉じこもる主人公のアルムも、ハイスペックなのになかなかカッコいいところを見せられない残念な王子様であるヨハネスも、実力はあるのに思い通りにできないことばかりの不器用な少年少女です。

アルムの思春期の少女らしい潔癖さや頑なさ、ヨハネスの思春期の少年らしい無神経さや不格好さに共感したり苦笑いをしたり時に爆笑しながら読んでいただけると嬉しいです。

そんな成長途中の彼らが引き起こす騒動や巻き込まれる陰謀に立ち向かう姿を楽しく書いていきたいです。


最後になりましたが、イラストを担当してくださったにもし様、可愛い主人公を描いていただきありがとうございます。

聖女達や王子達、小説の場面を素敵なイラストにしていただいて感激です。

編集のH様。本作に目を留めてお声がけいただき、ありがとうございました。大変お世話になりました。

その他に本作の書籍化に携わってくださった皆様にも御礼申し上げます。

そして、アルムの活躍を見守ってくださった読者の皆様、ありがとうございました。楽しんでいただけていたら幸いです。


それでは、またどこかでお会いできたら、よろしくお願いします。

GAノベル

# 廃公園のホームレス聖女
## 最強聖女の快適公園生活

2023年2月28日　初版第一刷発行

著者　荒瀬ヤヒロ
発行人　小川 淳
発行所　SBクリエイティブ株式会社
〒106-0032　東京都港区六本木2-4-5
03-5549-1201　03-5549-1167（編集

装丁　AFTERGLOW
印刷・製本　中央精版印刷株式会社


ISBN978-4-8156-1737-0
Printed in Japan

ファンレター、作品のご感想をお待ちしております。
〒106-0032　東京都港区六本木 2-4-5
SBクリエイティブ株式会社
GA文庫編集部 気付

「荒瀬ヤヒロ先生」係
「にもし先生」係

本書に関するご意見・ご感想は
下のQRコードよりお寄せください。
※アクセスの際に発生する通信費等はご負担ください。

https://ga.sbcr.jp/

## 孤高の暗殺者だけど、標的の姉妹と暮らしています

著：有澤 有　画：むにんしき

GA文庫

政府所属の暗殺者ミナト。彼の使命は、国家の危機を未然に防ぐこと。そんな彼の次の任務は、亡き師匠の元標的《ターゲット》にして養女ララの殺害、ではなく……一緒に暮らすことだった!?　発動すると世界がヤバい異能を持つというララ相手の、暗殺技術が役立たない任務に困惑するミナト。そんななか、師匠の実娘を名乗る現代っ子JK魔女エリカが現れ、ララを保護すると宣言。任務達成のため、勢いで師匠の娘たちと暮らすことになってしまったミナトの運命は――？

「俺が笑うのは悪党を倒す時だけだ」

「こーわ。そんなんで、ララのお兄ちゃんが務まりますかねえ……」

暗殺者とその標的たちが紡ぐ、凸凹疑似家族ホームコメディ、開幕！

第16回 GA文庫大賞
GA文庫では10代～20代のライトノベル読者に向けた
魅力溢れるエンターテインメント作品を募集します！
物語が、華ひらく。
イラスト／風花風花
大賞賞金300万円＋コミカライズ確約！
◆ 募集内容 ◆
広義のエンターテインメント小説（ファンタジー、ラブコメ、学園など）で、日本語で書かれた未発表のオリジナル作品を募集します。希望者全員に評価シートを送付します。
※入賞作は当社にて刊行いたします　詳しくは募集要項をご確認下さい
リニューアルで選考課程を一新!!!
応募の詳細はGA文庫公式ホームページにて
https://ga.sbcr.jp/